The
Discontinuous
Circle

불연속 세계

FURENZOKU NO SEKAI
by ONDA Riku

Copyright © ONDA Riku, 2008
All rights reserved.

Original Japanese edition published by GENTOSHA Inc.
This Korean edition was published by Viche Korea Books, an imprint of Gimm-Young Publishers, Inc., in 2012 by arrangement with GENTOSHA Inc., Tokyo through THE SAKAI AGENCY BC AGENCY, Co., Seoul..

불연속 세계

지은이 온다 리쿠 **옮긴이** 권영주 **1판 1쇄 인쇄** 2012년 3월 9일 **1판 1쇄 발행** 2012년 3월 19일
발행처 도서출판 비채 **발행인** 박은주 **주소** 서울특별시 종로구 가회동 17
등록 2005년 12월 15일(제300-2005-212호) **주문 및 문의 전화** 031)955-3220 **팩스** 031)955-3111
편집부 전화 02)3668-3295 **팩스** 02)730-8649 **전자우편** viche@viche.co.kr

이 책의 한국어판 저작권은 사카이 에이전시와 BC 에이전시를 통한 저작권자와의 독점계약으로 도서출판 비채가 소유합니다. 저작권법에 의해 한국 내에서 보호를 받는 저작물이므로 무단전재와 무단복제를 금합니다.
ISBN 978-89-94343-60-0 03830 책값은 뒤표지에 있습니다.

온다 리쿠
권영주 옮김

차례

나무지킴이 사내 _____ 7

악마를 동정하는 노래 _____ 67

환영 시네마 _____ 123

사구 피크닉 _____ 175

새벽의 가스파르 _____ 229

작가노트 _____ 276

The Discontinuous Circle

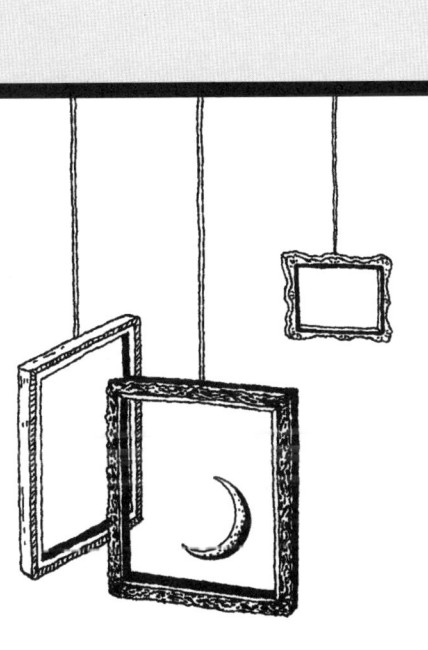

나무지킴이 사내

아파트에서 나와 주택가를 빠져나와서 철길 건널목을 지나면 강가가 나온다.

도회지의 강이라 그런지 존재감은 별로 없다. 좀더 큰 강 같으면 가까이 갈수록 존재가 느껴지게 마련인데, 커다란 콘크리트 도랑 밑바닥에 괸 물은 완전히 길들여져 체념한 것처럼 보인다.

강은 연속된다.

다몬은 강가를 산책할 때마다 그런 생각을 한다.

강이라는 것은 중단된다는 게 불가능하다. 지상에서는 보이지 않더라도 강은 건물 사이며 도로 밑으로 이어진다. 찌그러지고 누덕누덕 짜깁기된 도쿄, 맥락 없는 지상에서 강만은 언제나 연속되며 어김없이 출구를 찾아낸다.

올해 벚꽃 철은 벌써 끝났다. 강변에 빽빽이 늘어선 벚나무 수

십 그루에 꽃이 핀 모습은 실로 장관이었다. 평소에는 인적이 없는 이 산책길도 그때만은 꽃놀이 나온 사람들로 북적인다. 그래도 우에노나 지도리가후치 같은 북새통에 비하면 매우 조촐하지만, 그는 그 조촐함이 좋았다.

벚꽃은 기묘한 꽃이다. 벚꽃이 핀 것을 보면 굉장히 득 본 기분이 든다. 다른 꽃은 이 정도는 아니다. 벚꽃이 피면 좌우지간 '봐야 한다'는 강박관념이 드는 건 왜일까. 꽃을 싫어하는 사람은 없지만, 일본인과 벚꽃의 관계에는 어딘가 영적인 면이 존재하는 것 같다. 무엇보다 미국이나 다른 나라에도 벚꽃이 있지만, 외국에서 피는 벚꽃은 가령 일본인이 좋아하는 왕벚나무 꽃이라도 전혀 다른 꽃이다. 벚꽃이 아니라는 생각마저 든다. 일본 풍토에서 나고 자랐을 때 벚꽃은 비로소 벚꽃이 된다. 다몬은 골똘히 그런 생각을 하며 걸었다.

녹았어.

문득 뇌리에 잔의 말이 되살아났다.

봐, 저 사람들 어째 생사의 구별이 안 되는 것 같아.

야스쿠니 신사 밖을 걸으며 겁에 질린 것처럼 그런 말을 했던 그녀의 목소리가, 그 부연 연분홍색 어둠과 더불어 떠오르는 듯했다.

그야 그렇겠지. 여긴 영령을 모시는 곳이니까.

영령?

바로 지난 주말에 있었던 일이다. 진보 정의 한 술집에 모이는 단골들과 함께 술김에 벚꽃놀이를 하자며 밤중에 택시를 타고 야스쿠니 신사까지 갔다. 그곳은 아직 술판이 한창이었는데, 조명을 받고 있는 벚꽃 저편에서 엄청난 수의 샐러리맨들이 흥청망청 놀고 있는 모습이 흡사 그림자놀이처럼 보였다. 살기마저 느껴지는 광경에 주눅이 든 그들은 조용히 바깥쪽을 걷는 데 그쳤다.

요즘 세상에 일본 사람도 쓰지 않을 영령이라는 말을 꺼낸 사람은 증권회사에 다니는 일본 오타쿠 영국인 로버트였다. 귀공자 같은 풍모를 지닌 그의 입술에서 그 말이 나왔을 때 다몬조차 그게 무슨 말인가 싶었다.

다몬, 영령이 뭐야?

잔은 커다란 밤색 눈으로 다몬의 얼굴을 빤히 쳐다보았다.

전사자의 영혼.

아아, 그런 뜻. 그거라면 우리 고향에도 있어. 하지만…… 이상하지, 난 일본 사람들이 우르르 벚꽃 밑을 걷는 걸 보면 꼭 죽은 사람 같다는 생각이 들지 뭐야.

일본에선 옛날부터 벚나무 밑에 시체가 묻혀 있다는 말이 있으니까.

통산성 고위 공무원인 미카가 놀리듯 말했다.

가지이 모토지로 말이지. 나도 알아. 하지만 그런 게 아냐. 좀비 같은 이미지가 아니라 죽은 할머니를 만난 것 같은 느낌이거든. 그리운 죽은 이라는 이미지.

다몬은 제법 그럴싸한 말이라고 생각했다.

벚나무는 일 년의 태반을 풍경 속에 묻혀 지내는 나무다보니,

꽃이 피었을 때가 상당히 특수한 상태고 또 기이하다. 기시감처럼 해마다 되풀이되는 그 광경은 향수와 동시에 공포를 불러일으킨다.

그렇군, 그리움이란 공포와 동의어나 다름없군.

주초에 비가 온 터라 강물은 탁했지만 수량은 여느 때보다 많았다. 마지막 벚꽃이 아직 수면에 드문드문 떠 있다.

그의 산책 코스인 이 산책길 입구는 사철의 고가 철도와 낡은 고층 아파트 사이에 위치하고 있어 어딘지 모르게 지저분하고 살벌한 분위기가 감도는데, 그건 그것대로 어쩐지 마음이 차분해지고 좋다. 그러나 그런 무덤덤한 얼굴과는 달리, 일 분만 가면 순환선의 소음이 순식간에 멀어지고 자연으로 둘러싸인 에어포켓 같은 공간이 출현한다. 그 격차가 재미있고, 그런 것이 도쿄가 도쿄다운 점이다 싶다.

프랑스는 꼭 예쁜 꽃병 같아.

미카의 느긋한 목소리가 떠오른다.

다몬의 연상은 맥락이 없다는 말을 자주 듣는다. 당신은 그거야, 크리스마스트리에 두른 꼬마전구. 점멸 상태. 하나가 꺼졌나 싶으면 다른 전구에 불이 들어와.

어라? 이건 누가 한 말이더라?

다몬은 불현듯 걸음을 멈추고 생각했으나 기억나지 않았다. 들어본 목소리인데.

다시 걸음을 뗐다. 공기가 약간 습해졌다. 한바탕 쏟아질 모양이다.

　예쁜 꽃병은 꽃이랑 충돌을 일으켜서 꽃 꽂기가 쉽지 않거든. 꽃병만 따로 보면 역시 근사하니까 갖고 싶은데, 실제로 쓰려고 하면 꽃이랑 참 안 맞는단 말이지. 프랑스는 쓰기 까다로운 꽃병만큼이나 특이해.

　잔, 저런 말 듣고도 화 안 나?

　누가 프랑스 사람인 잔에게 도발하듯 묻자 그녀는 씩 웃었다.

　후후, 미카가 무슨 말을 하고 싶은 건지 나도 알 것 같아. 파리는 프랑스 사람만 없으면 더할 나위 없을 거란 말까지 있는걸.

　아닌 게 아니라 잔은 그리 외국 사람 같지 않다. 짙은 밤색 머리와 눈 탓도 있지만, 일본어를 오래 배워서인지 어딘지 모르게 행동거지가 일본 사람 같다. 그녀 말로 자기는 프랑스 깡촌 출신이라 파리 사람에게 별로 공감하지 못한다고 한다. 그런 젊은 나이에 일본의 일류 대학에 객원 조교수로 초빙됐다는 것은 그녀가 상당히 우수하다는 증거이리라.

　한편 미카는 모두가 '최강의 일본 여성'이라 부르는 재원인데, 경력이 어찌나 화려한지 현기증이 날 지경이다. 대대로 고명한 학자와 외교관을 배출한 그녀의 집안은 지체 높은 사람들과 대단히 각별하고, 그녀는 싱가포르, 베이징, 워싱턴, 런던에서 어린 시절을 보내며 초일류 교육을 받았는데도 겉보기로는 외국에서 살다 온 사람 같지 않다. 품위 있는 분위기에 검은 생머리와 동그란 검은 눈, 희고 고운 살결, 조그만 몸집. 세상 물정 모르고 곱게 자란 양갓집 아가씨로만 보이는데, 냉철하고 명석한 두뇌를 가졌으며 심지가 강건하고 취미는 클레이사격이다. 다몬의 생각으로는 '최강'이라기보다는 진화한 일본 여성이라 해야 하는 게 아닐까 싶다.

왜 외무성으로 안 갔어? 부모님이 외교관이니 단연 유리할 거 아냐. 다몬이 그렇게 묻자 미카는 점잔을 빼며 대답했다. 분위기 잡고 은근히 떠보고 하면서 줄타기하는 건 성미에 안 맞는걸. 일본이 세계를 정복하려면 방법은 공업 제품밖에 없다고 생각해.

일본의 자본이 세계 시장에서 세력을 떨치기 시작한 시기였다. 대단히 냉철한 관찰안의 소유자인 그녀가 뜻밖에 국수주의적 생각을 갖고 있다는 게 재미있었다.

불그스름한 물고기 그림자가 어둑어둑한 콘크리트 바닥에서 꿈틀거린다.

잉어다. 이 강에는 꽤 많은 잉어가 방류되어 살고 있다. 이렇게 지저분한 물에 용케 서식한다 싶다. 잉어는 잡식성인 데다 물이 흐린 연못에서도, 서식 밀도가 높은 곳에서도 오래 사는 것을 보면 상당히 억세고 질긴 물고기인 것 같다.

잉어는 진화하지 않나? 도시의 강에 살면 배기가스며 이산화탄소에 내성이 생긴다든지, 플라스틱을 먹을 수 있게 된다든지, 그러다 뭍으로 올라와 지상의 동물을 잡아먹게 된다든지.

상상해보니 썩 기분 좋은 그림이 아니기에 다몬은 허둥지둥 그쪽에서 상상을 거두었다.

멍하니 걷는 사이에 강은 조용한 주택가로 접어들었다.

흐르는 시간의 속도도, 색채도 명백히 다른 데에 늘 놀라게 된다.

다몬처럼 이십대 중반이 넘은 남자는 여기서는 극히 소수파다. 평일 오후 3시경에 강가 산책길을 걷는 사람은 개를 데리고 나온 주부나 고령자, 학교 끝나고 집으로 가는 아이, 근처 학교 운동부 학생들이 대부분이다. 즉, 일반적인 생산 활동을 하지 않는 사람들이다. 이곳에는 그들이 체감하는 시간이 흐른다.

그리운 죽은 이의 시간.

잔의 말을 빌리자면 그렇게 부를 수 있을지도 모르겠다.

다몬은 이런 시간이 싫지 않았다. 그도 어렸을 때부터 아버지 일 때문에 세계 각지를 전전했는데, 어디에나 이런 시간은 꼭 있었다. 그렇지만 지금 여기 이렇게 있으려니 이것이 바로 자기 근간에 있는 시간이라는 생각이 들었다.

대형 음반사 프로듀서로 일하면서 밤낮이 따로 없는 생활을 하다보니, 이렇게 전혀 다른 시간이 흐르는 곳에 있다는 게 기이하게 느껴진다. 이 기이한 감각을 맛보고 싶어서 요새 그는 틈 날 때마다 이 강변을 산책한다.

완만하게 커브를 그리는 강 양옆 산책길을 따라 손질이 잘된 산울타리와 가로수가 이어진다.

이름을 어떻게 할까.

발은 제2의 심장이라는 말이 있다. 걸으면 걸을수록 뇌에 산소가 공급되어 사고 활동이 활발해진다고 한다. 예로부터 철학자와 과학자는 산책 중에 사색의 실마리를 얻었다. 그러나 다몬은 그런

설이 그다지 납득되지 않았다. 사고 활동이 활발해지는 사람도 있겠지만, 그의 경우 머릿속에 의문이 소용돌이를 그려 사고가 그 이상 나아가지 못하고 잡생각만 자꾸 든다. 걸으면서 한 가지 생각을 할 수 있다면 그 사람은 어디에 있건 집중해서 생각할 수 있을 것이다. 게다가 다몬은 산책을 좋아해서, 걷다보면 그 자체가 목적이 되고 점점 기분이 고조되어 이윽고 머리가 텅 빈다.

그러나 오늘은 생각해야만 했다. 새로 데뷔할 밴드의 이름이 영 마뜩지 않았다. 라이브하우스에서 건져온 밴드가 아니기 때문에 팬들에게 특별히 인지된 이름이 아니니, 바꾸려면 지금뿐이 기회였다. 이제 슬슬 홍보 활동도 시작해야 하는데 이름이 정해지지 않으면 방도가 없다.

심플하고 매력적인 이름으로 가자는 콘셉트까지는 스태프의 의견이 일치했는데, 막상 그럴싸한 이름이 생각나지 않았다.

가운뎃점이 안 들어가는, 한 단어로 된 이름이 좋겠는데.

하늘은 회색이다. 시간을 알 수 없다.

녹았어.

잔의 목소리가 들렸다.

아까부터 잔과 미카의 말이 생각나는 것이 오늘 같이 저녁을 먹기로 약속했기 때문임을 다몬은 비로소 알아차렸다. 그리고 그 약속을 까맣게 잊고 있었다는 것을 깨닫고 당황했다. 요새 계속 이런다. 요일 감각이 없으니 다른 사람과 만나기로 약속해놓고도 잊어버린다.

허둥지둥 남방셔츠 가슴주머니에서 수첩을 꺼내 약속 장소를 확인하니, 니시아자부에 있는 이탈리아 음식점의 이름이 쓰여 있었다.
 좋아, 아직 시간이 있군. 일단 집에 가서 기획서부터 써놓고 차를 잡자.
 조금 안심하고는 다시 걸음을 뗐다.
 불도그 세 마리를 데리고 가는 여자와 엇갈려 지나쳤다. 왜 불도그를 키우는 걸까. 하고많은 개 중에서 불도그를 고르는 사람은 어떤 사람일까. 왜 시바 개나 콜리가 아니라 불도그일까. 자기가 키우는 개는 종류가 무엇이건 귀여울 테고, 특히 불도그에게서는 어쩐지 인생의 비애가 느껴져 키우다보면 친근감이 들 것 같기는 하다. 그렇지만 애완동물숍에 가서 하나를 고르라고 했을 때 처음부터 불도그를 고르는 사람은 없지 않을까. 다몬은 어쩐지 흥미가 동했다. 한번 알아봐야겠다.
 불도그. 밴드 이름으로 어떨까. 우스터소스가 연상돼서 식욕은 날 것 같은데. 그러고 보니 옛날에 '포 리브스'의 노래에 있었지. 마지막 소절밖에 생각나지 않지만.
 유모차를 미는 노인이 지나갔다. 오도카니 앉은 아이가 바람개비를 들고 있었다. 빙글빙글 돌아가는 조그만 빨강 바람개비에 시선이 빨려들었다.
 산책길에는 벤치가 여기저기 놓여 있었다. 느긋하게 한담을 주고받는 노인들이 보인다.

그중 한 벤치에 어딘지 모르게 이질적이고 화려한 분위기의 젊은 남자가 앉아 있었다. 무릎 위에 검은 고양이가 몸을 둥글게 말고 있다.

"안녕하세요, 다시로 선배."

다몬은 선뜻 말을 걸었다.

다시로는 선글라스 뒤에서 눈을 크게 떴다.

다몬은 그 옆에 앉았다.

"그다음이 있는데 들어볼래?"

"그 꿈입니까?"

"그래."

다몬은 다시로의 목소리에 귀를 기울였다.

대학 선배인 다시로는 삼십대 중반의 인기 방송작가인데, 이곳 강변에 두 곳의 거처를 두고 있었다. 하나는 가족과 함께 사는 호화 주택이고, 다른 하나는 당장에라도 폭삭 주저앉을 것 같은, 세 평짜리 방 한 칸이 딸린 목조 가옥이었다. 이층집인데 1층은 화장실과 부엌이고 2층이 방이다. 다시로가 이쪽 집에서 지내는 것은 일주일에 두세 번뿐이다. 이곳에 사는 그는 육체노동을 하며 안 팔리는 소설을 쓰는 출세 못 한 남자다. 그런 설정에 맞춰 원고지며 문예지, 오래된 책이 벽장에 쌓여 있다. 다몬도 얼핏 들여다본 적이 한 번 있는데 무슨 1970년대 포크송의 화석 같기에 저도 모르게 웃고 말았다. 실제로 다시로가 학창시절 살던 방을 재현한 것이라고 한다. 여기가 작업실인 것은 아니고, 집에 가면 훌륭한 서재가 있다. 그런데도 다시로는 일주일에 몇 번씩 이곳에 타인이 되러 온다. 그를 딱하게 여겨 가끔 찾아와 밥해주는 여자까지 있는 모양이다. 물론 여자는 그의 정체를 모르고, 대식가에 미식만 찾는 그가 위하수 탓에 살이 찌지 않는 것이라고 꿈에도 생각하지 못한다. 가요 작사나 방송작가의 가혹한 마감 스케줄 탓에 만성 수면 부족에 시달려 안색이 나쁘고, 학창시절부터 권투를 해서 지금도 스파링을 거르지 않다보니 손가락이 울퉁불퉁하게 마디가 굵어졌는데, 그것을 고된 육체노동 탓이라고 생각한다. 사기도 이만저만이 아니다 싶은데, 그는 이런 이중생활에 완전히 익숙해지고 말았다.

활동 시간과 행동 패턴이 비슷한지, 다몬은 이곳을 산책하다가 자주 그와 마주쳤다.

다시로가 입은 광택 나는 무지갯빛 셔츠가 무릎 위의 고양이가 움직일 때마다 미세하게 다른 새로 보였다.

타인이 아니야. 자기의 일부, 예전의 자기로 돌아가는 것뿐.

다시로는 늘 그렇게 설명했다. 전에 그런 생활을 했고, 지금도 내면에 그런 자기가 있다. 그러니 결코 부자연스러운 일이 아니다.

다몬은 언제나 흥미진진하게 그의 이야기를 경청한다. 그의 생활도 흥미롭지만, 그의 꿈 이야기도 재미있다. 다시로의 말로는, 이 '70년대 하우스'에서 자면 어김없이 꾸는 꿈이 있다고 한다. 정확히 말하자면 똑같은 꿈을 꾸는 게 아니라 같은 세계의 편린을 연속으로 보는 모양이다.

현대와 거의 유사한 세계인데, 주오선 주변에 있을 것 같은 어수선하고 복작거리는 거리에 거대한 건물이 있다. 일정한 나이가 되면, 선발된 아이들을 그 건물로 데려온다. 그는 그중 한 명이다. 얼굴에 여드름이 난 십대 소년이다. 건물 안은 마치 호화로운 호텔 같다. 몇몇 방에 맛있는 음식이 준비되어 있고, 온갖 국적의 아이들이 즐겁게 음식을 먹으며 이야기를 나누고 있다. 그도 그 속에 끼어들어 예쁜 여자애들이며 유쾌한 남자애들과 꿈결 같은 시간을 보낸다. 그러나 그는 점차 의혹을 품게 된다. 보아하니 그들은 이곳에서 나갈 수 없는 듯하다.

지난번에 여기까지 들은 것 같다.

"그래서 내가 그 건물에서 나가려고 하면, 여기저기서 감시하는 사람들이 그때마다 날 점잖게 방으로 돌려보내거든. 감시의 눈길을 피해 복도로 나왔더니 안쪽으로 깊이 들어간 곳에 커다란 엘리베이터가 있어. 그런데 그 엘리베이터엔 올라가는 걸 나타내는 삼각형 버튼밖에 없는 거야. 그래서 조심조심 그 버튼을 눌러봤더니 문이 소리도 없이 열려. 올라탔더니……."

다시로는 시선을 앞으로 향한 채 고양이 등을 쓸어주며 이야기했다.

"버튼이 줄줄이 있는 거야. 전부 층을 표시하는 숫자가 적혀 있는데, 15쯤부터 시작해서 숫자가 죽 증가해. 대체 몇 층까지 있는 건가 싶어서 맨 위 버튼을 봤더니……."

다시로는 위를 올려다보았다. 다몬도 덩달아 얼굴을 들었다.

회색 하늘을 가로지르는 고압선과 철탑이 보였다.

"'BEFORE'라고 쓰여 있는 거야. 난 흥미가 생겨서 발돋움을 하고 그 버튼을 눌렀어. 엘리베이터가 빠른 속도로 올라가."

고양이가 다시로의 무릎에서 뛰어내려 달려갔다. 순식간에 산울타리로 기어들어 모습을 감춰버렸다.

"땅 소리가 나면서 문이 열리니까 눈앞에 소독약 냄새가 나는 복도가 있었어. 어두운 복도가 끝없이 뻗어 있는데, 안쪽에서 웬 노인이 비척비척 걸어오더니 엘리베이터에 타려고 하더군. 내가 주춤해서 얼어붙어 있는데, 하얀 가운을 입은 간호사랑 의사 같은 인간들이 달려오더니 그 영감님을 붙들어. 영감님은 필사적으로 나한테 도움을 청하고…… 난 그 얼굴을 보고 깨달아. 이 영감님은 죽음을 앞둔 나라는 걸. 이 건물은 나이에 따라 사는 층이 달라서 나이를 먹으면 점점 위층으로 옮겨간다는 걸."

"'BEFORE'는 무슨 뜻입니까?"

다몬이 묻자 다시로는 나지막이 대답했다.

"'죽기 직전'이라는 뜻이겠지."

"그렇군요. 뭘까요, 그 세계는."

"모르지."

"슬쩍 J.G. 발라드 같은 느낌도 나는데요."

"난 SF를 그리 좋아하지 않는데."

다시로는 실쭉한 표정이다. 다몬 쪽은 전혀 바라보지 않는데, 옛날부터 이런 사람이라는 것을 아는지라 아무렇지도 않았다. 다시로가 불쑥 일어섰다.

"그럼 난 간다."

"아, 예, 안녕히 가세요. 또 꿈꾸면 이야기해주시고요."

"흥. 나무지킴이 사내[고모리오토코]한테 해달라고 하든가."

"네?"

다시로는 뒤도 돌아보지 않고 가버렸다.

지금 선배가 뭐라고 한 거지?

다몬은 벤치에 앉은 채 다시로가 한 말을 기억해내려 했다. 나무지킴이 사내? 그렇게 들렸는데. 무슨 뜻일까.

북슬북슬하고 허옇고 커다란 뭉텅이가 눈앞을 가로질렀다. 자세히 보니 허연 대걸레처럼 생긴, 털이 길고 몸집이 작은 개 여러 마리였다. 폭발한 것 같은 파마머리에 포동포동 살찐 여자가 줄을 잡고 있다. 줄의 수와 대걸레 속에 드문드문 묶인 빨간 리본의 수로 개가 다섯 마리임을 알 수 있었다. 다몬은 자신이 거대한 건물의 엘리베이터 홀에서 대걸레질하는 장면을 떠올려보았다. 대걸레 끝에는 하얀 개가 붙어 있어 바닥을 문지를 때마다 깽깽거린다. 순식간에 하얀 털이 검어진다.

SF 작가 이름은 어떨까.

다몬은 일어나 산책을 계속하며 생각했다. 소년시절에 읽은 책의 작가 이름을 밴드 이름으로 갖다쓴다. 노스텔지어도 자극하고 괜찮을지도.

발라드는 다른 의미로 해석될 테고. 아시모프, 클라크, 하인라인. 이런 거물들 말고 판타지 계열이 좋겠는데. 브래드버리, 시맥, 스터전. 음, 이것도 아니야. 차라리 아동문학 작가는 어떨까. 케스트너, 린드그렌.

"나무지킴이 사내."

다몬은 움찔했다.

환청인가?

어디서 들린 거지?

그는 등골이 서늘해져 주위를 두리번거렸다. 바로 뒤에 책가방을 멘 초등학생 남자아이가 서 있었다.

"어? 너 지금 뭐라고 했니?"

다몬은 가슴을 쓸어내리며 소년에게 물었다.

소년은 눈도 깜박이지 않고 먼 곳을 뚫어지게 응시하고 있었다.

"뭔데?"

다몬은 소년의 시선이 향한 곳을 보았다.

산책길 옆에 조그만 놀이터가 있었다. 그네에 아이를 태우고 웃는 얼굴로 밀어주는 어머니가 보였다. 그러나 소년이 보는 것은 그 모자가 아니었다.

다몬은 시선을 위쪽으로 옮겼다.

수직으로 솟은 느티나무가 하늘에 푸른 가지를 펼치고 있었다.

그것을 본 순간, 몸이 얼어붙었다.

푸릇푸릇하게 우거진 느티나무의 한 곳만 어두웠다.

누가 있다.

나무 꼭대기에 삐삐 마른 남자가 들러붙어 있었다. 머리와 수염을 기르고 갈색 기모노를 입은 해골 같은 남자가.

"뭐야, 그게. 노숙자를 잘못 본 거 아냐?"
미카가 이탈리아 와인을 고르며 어이없다는 듯 말했다.
"음, 노숙자는 그런 복장을 안 할 것 같은데. 너무 시대착오적이잖아."
다몬은 쓴웃음을 지으며 머리를 긁적였다.
"나무지킴이 사내? 처음 듣는 말이네. 베이비시터 말이야?*"
잔은 진지한 표정으로 메뉴에서 음식을 고르고 있다.
다몬은 화려한 레스토랑에서 두 미녀에게 바보 같은 이야기를 했다고 후회했다. 뜬금없이 놀이터 느티나무 위의 누더기 기모노를 입은 영감님을 운운했으니 말이다. 하기야 눈앞에 있는 두 여자는 음식에만 정신이 팔려 그의 이야기를 거의 듣지 않는 것 같았지만.
셋이서 식사했다는 말을 들으면 다른 사람들에게 원성깨나 살 것 같지만, 솔직히 이 두 여자는 다몬을 그다지 이성으로 의식하는 것 같지 않다. 옛날부터 그에게는 그런 부분이 있었다. 굳이 따지자면 가녀린 몸집에 갸름하고 중성적인 이목구비라 그런지 여

---

* [고모리오토코]는 '아이 보는 남자'라는 뜻도 된다.

자들에게 같이 놀러가자는 말을 많이 들었다. 찻집에서 여자들 틈에 끼어 케이크를 먹고 있어도 주위 사람들이나 본인이나 어색해하지 않는다.

"그거 다 먹을 수 있겠어?"

끝도 없이 이어지는 주문을 듣고 다몬은 주뼛주뼛 두 사람을 번갈아 보았다. 다른 사람들과 같이 있을 때와는 먹는 양이 명백히 다르다. 이것들, 평소에 내숭 떨었군.

"어머, 그렇지만 다몬도 먹을 거잖아."

"그야 그럴 거지만."

"괜찮아, 우리도 같이 계산할게."

"어째 내가 손해일 것 같은데."

"무슨 말 했어?"

"아무것도 아냐."

그러고 보니 두 사람 다 그보다 연상이다.

미카가 테이블 위로 손을 깍지 끼고 다몬을 똑바로 보았다.

"그 이야기 다시 해봐. 정말 그 남자를 본 거야?"

건성으로 듣는 것 같아도 다 듣고 있었나보다. 다몬은 놀랐다.

"아마 그런 것 같아."

"뭐가 그렇게 흐리멍덩해?"

뇌리에 느티나무 위의 검은 그림자가 되살아났다. 그것은 시간이 지날수록 부옇게 번진 검은 선으로 변했다. 봤다, 못 봤다란 게 어쩌면 이렇게 불확실할까. 무엇을 봤나, 무엇을 보지 않았나. 그

때 자신은 그 푸른 나뭇가지에서 무엇을 봤나.

"그땐 봤는데 다음 순간 사라지고 없더라고."

"고양이 아냐? 고양이가 나무 꼭대기에 올라갔다가 못 내려오곤 하잖아. 커다란 갈색 고양이가 나무에 매달려 있었던 거야."

잔이 커다란 밤색 눈을 반짝이며 말했다. 순정만화에 나오는 눈 같다. 미즈노 히데코나 니시타니 요시코의 만화 같은 느낌.

"오, 그거 제법 그럴싸한데. 아닌 게 아니라 커다란 고양이가 들러붙어 있으면 멀리서 사람으로 보일 수도 있지."

감탄한 다몬은 납득할 뻔했으나 그때 문득 다른 의문이 떠올랐다.

"하지만 다음 순간 사라진 건?"

"떨어진 거 아냐?"

"그랬으면 알 수 있었을 텐데. 그 밑에선 웬 엄마랑 애랑 그네를 타고 있었단 말이야. 고양이가 그렇게 높은 데서 떨어졌으면 모를 리 없어."

"그러니까 주르륵 미끄러져 떨어진 거야. 무성한 잎에 가려서 안 보였던 거지."

"응, 그거라면 말 되는군. 그래, 분명 그런 거였겠지."

다몬은 어딘지 모르게 석연치 않은 표정으로 고개를 끄덕였다.

"나무지킴이 사내…… 분명 애가 아니라 나무를 말하는 거겠지?"

미카가 탐색하는 듯한 눈빛으로 다몬을 보았다. 다몬은 또다시

고개를 끄덕였다.

"그래, 나무지킴이지."

다몬은 종이 냅킨에 글자를 썼다. 잔은 눈도 깜박이지 않고 그것을 지켜보았다.

"감나무에 맨 마지막으로 남은 열매를 나무지킴이라고도 하잖아?*"

일본어 강사로 미카만 한 사람도 없을 것이다. 그녀 나이의 일본 사람 중에 그런 말을 아는 사람이 얼마나 될까.

아저씨도 봤죠?

아무것도 없는 느티나무 가지를 올려다보며 소년이 차분한 목소리로 말하는 것을 그는 아연해서 듣고 있었다. '아저씨'라는 단어가 가슴을 푹 찌르기는 했으나.

저게 뭐야?

나무지킴이 사내예요. 요새 이 주변에 출몰해요.

왜?

그건 나도 몰라요. 그렇지만 할아버지 말로는 나무지킴이 사내가 나오면요.

나오면 어떻게 되는데?

다몬은 저도 모르게 소년의 얼굴에 귀를 바싹 갖다댔다. 소년은

---

* 우리말의 '까치밥'과 비슷한 것을 일컫는다.

잠시 망설이더니 대답했다.

  도쿄가 불바다가 된대요.

"……불바다?"

미카는 얼굴을 찡그렸다. 얼핏 기분 나빠하는 눈빛이 스쳤다.

"응. 그애한테 자세히 물어보니까, 그애 할아버지는 저명한 정원사였던 모양인데 전쟁 중에도 나무지킴이 사내를 봤다는 거야."

"전쟁 중에?"

"그래. 1945년 3월 9일에."

"어머나, 그거 설마."

"맞아. 도쿄 대공습 전날이지."

"에이, 뭐야. 무섭잖아."

미카가 무심결에 몸을 뒤로 뺐다. 잔도 불안한 표정을 지었다.

"잔도 도쿄 대공습 알지?"

다몬이 묻자 그녀는 살짝 고개를 끄덕였다.

"응. 민간인이 십만 명 이상 죽었지?"

"전날부터 내내 강풍이 불었던 탓에 불길이 걷잡을 수 없이 번졌던 모양이야. 기타간토로 대피한 아이까지 도쿄가 불타는 걸 알 수 있을 정도로 하늘이 시뻘겠다니까."

"다몬도 참, 그런 걸 봤단 말이야? 뭘까? 대지진이라도 일어나려나?"

미카가 한기를 느낀 것처럼 팔을 문질렀다.

"그러게 말이야. 이상하지?"

"'이상하지'는 뭐가 '이상하지'야. 그런 거 보지 마."
다몬의 멍청한 대답에 미카는 약간 골이 난 듯했다.
잔이 킥 하고 웃었다.
"그런 걸 보다니 다몬다워."
"별로 칭찬 같지 않은걸."
음식이 나와 세 사람은 먹는 일에 집중했다. 다몬은 이 문제를 좀더 고찰해보고 싶었지만, 두 미녀가 어찌나 진지하게 먹는지 우선은 제 몫을 확보하는 게 급선무였다. 더욱이 이 두 미녀는 술도 아주 잘 마신다.
닭고기 요리를 먹으며 다몬은 멍하니 머릿속으로 말을 찾고 있었다.
그가 '이상하지'라고 한 것은 다른 의미에서였다. 물론 고양이인지 남자인지 알 수 없는 이상한 것을 목격한 것 자체도 이상했지만, 그 타이밍이 기묘하게 여겨졌다. 그것을 보기 직전에 들었던 다시로의 말은 무엇이었을까.
"있지, 새로 내놓을 밴드 이름을 생각중인데 뭐 좋은 거 없을까?"
그런데 그의 입은 전혀 다른 말을 중얼거리고 있었다. 다몬도 이런 자신이 신기하다. 그러나 실제로 이 일이 그에게 최우선 과제인 것은 확실했다.
"아, 어떤 밴드인데?"
잔이 흥미를 보였다. 그녀는 음악에 꽤 밝았다. 클래식과 재즈

쪽이기는 하지만.

"미리 말해두는데 그렇게 메이저를 지향하는 밴드는 아니야. 음악을 좋아하는 사람들이 가늘고 길게 들어주면 좋겠는 밴드. 인기 밴드는 내 담당이 아니거든."

"기업으로서 타당한 인선이네."

"왜?"

"그래서, 어떤 밴드인데? 록 밴드?"

"분류하자면 록이겠지. 남자 넷. 심플하고 매력적인, 약간 옛날 느낌 나는 밴드."

"그렇게 설명하는데 어떻게 알아?"

"'카펜터스'를 진화시켜서 약간 재즈풍으로 만든 느낌."

"더 모르겠어."

"나무지킴이 사내라고 하지 그래?"

"미소년 밴드 아냐?"

"그애들, 간장 얼굴이야, 소스 얼굴이야?* 난 역시 동양계가 좋더라."

두 사람은 와인을 마시면 유난히 치근거린다.

"소스라. 그럼 역시 불도그인가."

다몬은 중얼거리며 닭고기를 썰었다.

---

* 각각 담박하게 생긴 일본풍 얼굴과 이목구비가 뚜렷하고 짙은 서양풍 얼굴을 뜻한다.

흐린 날씨가 이어졌다.

스튜디오에서 밤을 꼬박 새우고 돌아오는 길이었다. 날씨가 꾸물꾸물해서 아침을 맞이했다는 실감이 별로 없었다.

집에 가서 침대에 풀썩 쓰러지고 싶기는 한데 어쩐지 그럴 기분이 아니었다. 지난밤 녹음 작업은 아티스트의 심기가 편치 않아 분위기가 영 어색했다. 다몬을 비롯해 모두가 어떻게든 수습해보려고 했으나 잘되지 않았다. 아티스트 본인도 그것을 깨닫고 있어 노력했던 만큼 상황은 참담했다. 이런 때는 차라리 폭발하는 편이 나은데, 폭발하기까지는 아직 한참 거리가 남아 있었던 터라 소화불량 같은 느낌만 남고 말았다.

잠깐 산책하다가 어디 커피숍에서 모닝세트라도 먹고 가자.

다몬은 그렇게 정하고 여느 때와 같은 산책길로 어슬렁어슬렁 들어섰다.

녹았어.

잔의 목소리가 들렸다.

그러게, 뇌가 녹았어. 다몬은 하품하며 느릿느릿 걸었다. 외박하고 오는 티가 너무 나서 살짝 창피했지만 일 때문이니 거리낌은 없었다. 그러나 꼿꼿한 자세로 개를 데리고 산책하는 노인을 보니, 그곳만 올바른 아침의 분위기가 감도는 것 같아 아주 약간 켕기고 피로감이 어깨를 짓눌렀다.

어라?

문득 앞쪽에 낯익은 뒷모습이 보였다. 여전히 셔츠가 화려하다.

"다시로 선배."

걸음을 빨리했지만, 몸이 피로한 탓에 다리가 뜻대로 움직여주지 않았다.

목소리로 알아차렸을 텐데도 다시로는 돌아보지 않았다.

"이 시간에 여기를 걷고 있다는 건, '70년대 하우스'에 갔다가 돌아오는 길이군요?"

그럭저럭 따라잡아 나란히 섰다.

"또 꿈을 꿨어."

"그다음 장면이군요? 어떤 꿈이었는데요?"

여느 때처럼 안색이 나쁘다. 심하게 튀는 보라색 셔츠와 잘 어울린다. 다몬 자신도 분명 얼굴빛이 이럴 것이다.

짙은 갈색 선글라스 뒤의 눈은 잘 알 수 없었다.

"난 내 층으로 돌아와 있어. 아래쪽, 십대 애들이 있는 층이지. 난 좁은 방 안에 있어. 커다란 테이블을 둘러싸고 긴장한 표정의 남녀가 모여 있어. 테이블 위엔 여전히 맛있어 보이는 음식하고 마실 것들이 상다리가 부러지게 차려져 있고."

그러고 보니 선배에게 물어볼 게 있었는데. 다몬은 생각했다.

뭐였더라? 저번에 여기 왔을 때 했던 이야기와 상관있는 것 같은데.

"하지만 다들 기분 나쁜 표정으로 음식을 바라보고만 있어. 실은 거기 모인 멤버들은 이 건물의 존재와 그 안에 있는 자기들의 세계에 의문을 가진 사람들이란 말이지. 물론 나도 그중 한 명이고. 다 함께 여기는 이상하다, 어딘가 수상하다, 하고 수군수군 의문을 주고받아. 다른 방에선 여전히 즐겁게 떠드는 목소리가 들려오고 있고."

시야에 푸릇푸릇한 느티나무가 들어온 순간 물어볼 게 무엇이 었는지 생각났다.

"잠깐만요, 선배. 말허리를 끊어서 죄송한데, 나무지킴이 사내를 아십니까?"

다시로는 입을 다물더니 무표정한 얼굴로 다몬을 보았다.

"⋯⋯뭐냐, 그게."

뜻밖에도 냉담한 대답이 돌아왔다.

"그렇지만 저번에 만났을 때 분명히 그랬잖습니까. 나무지킴이 사내한테 물으라고."

"저번에? 난 그런 말 안 했는데."

"네?"

다몬은 혼란에 빠졌다. 내가 잘못 들었나? 하지만 분명히 그렇게 말했는데.

"하지만 꿈 이야기를 해달라고 했더니 나무지킴이 사내한테 물으라고⋯⋯."

다시로는 정말 기억나지 않는 듯 고개를 갸웃거렸다.

"아니, 정말 기억 안 나는데."

"그렇습니까."

두 사람은 얼마 동안 말없이 걸었다. 다시로가 돌연히 이야기를 재개했다.

"그래서, 이 세계는 대체 뭘까 하는 이야기를 했단 말이지. 그 커다란 건물은 벽 한 면이 유리로 돼 있어서 바깥이 보이거든. 복작복작 어수선한 도쿄 시가지가 내려다보여. 눈에 익은 풍경이지. 그렇지만 다들 의심에 사로잡혀 있어. 그래서 내가 말해. 다 같이 눈을 감고 생각을 집중시킨 다음 눈을 떠보자고. 모두가 눈을 감아. 그리고 얼마 있다가 일제히 눈을 떠봤더니……."

다시로가 말을 멈추었다.

다몬은 느티나무 위를 유심히 살폈다. 뭐가 있나?

아무것도 보이지 않는다. 그저 느티나무가 있을 뿐이다.

다몬은 안도해서 느티나무 앞을 지났다.

"다들 소스라치게 놀라. 색채가 전혀 없는 세계인 거야. 테이블 위에 놓인 건 쓰레기랑 기계 파편, 썩은 유기물 덩어리. 창밖엔 비바람 몰아치는 폐허가 펼쳐져 있어. 인간이 살 수 있는 환경이 아니라는 걸 한눈에 알 수 있지. 다들 비명을 지른 순간……."

회색 하늘. 비가 오려면 얼른 오든지. 다몬은 멍하니 생각했다. 장마가 시작되기에는 아직 이른데. 그나저나 다시로 선배의 꿈은 출전이 어디일까. 이런 SF가 있었던가. 발라드라기보다는 딕일까.

"다음 순간 정신이 들어보니 시끌시끌하고 호화로운 방에 돌아와 있어. 김이 모락모락 피어오르는 음식, 창밖엔 도회지의 소음. 모두 꿈을 꾼 건가 의심해. 턱시도를 말끔하게 차려입은 웨이터가 들어와서 더 필요한 게 없느냐고 물어. 모두 고개를 가로저어."

침묵이 흘렀다.

다리를 건너가는 출근자의 자전거. 봉오리가 맺히기 시작한 철쭉. 철쭉과 영산홍을 구별할 수 있게 된 것은 이 산책길을 걸으면서부터다. 잎사귀가 두툼하고 둥글며 칙칙한 녹색인 게 철쭉, 부드러운 녹색이고 얇으며 조릿대 잎처럼 생긴 것이 영산홍이다.

"그래서요?"

얼마 지난 다음 문자, 다시로는 보일 듯 말 듯 고개를 흔들었다.

"오늘 아침 꾼 건 거기까지야."

"왜 그런 꿈을 꾸는 걸까요? 생각해본 적 있습니까?"

"늘 생각하지."

"옛날에 읽었던 책이라든지 본 영화라든지…… 방에 쌓여 있는 책 중에 그런 게 섞여 있는 거 아닙니까?"

"난 문학청년이었으니 말이지. 순수문학이 아닌 책은 안 갖다 놨고, 텔레비전도 거의 안 봤어."

"방에 그런 그림이나 포스터가 있지도 않고요?"

"없는데."

"혹시 선배가 소년시절에 남몰래 썼던 SF소설 아닙니까?"

"아냐. 이것저것 쓰긴 했다만 이런 건 내 타입이 아니라고."

"그렇단 말이죠."

두 사람은 완만하게 굽은 길을 걸었다.

"그럼 집에 원인이 있는 게 아닐까요?"

다몬은 자신의 말에 다시로가 흥미가 생긴 듯 자기를 돌아보는 것을 알 수 있었다.

"그 집, 셋집인가요?"

"아냐. 보다시피 다 무너져가는 집이고. 지은 지 사십 년은 됐을 거다."

"전 주인은요?"

"글쎄, 아무 말 못 들었는데. 쉰 살쯤 된 남자가 혼자 살았다고 하던데."

"집이 꿈을 꾸는 건 아닐까요?"

"뭐?"

"분명히 집의 기억이 선배를 찾아오는 거예요. 꽤나 현대적이고 SF적인 꿈이지만."

"집이 꿈을……."

다시로가 멍한 목소리로 되뇌었다.

"전 유령 저택이란 게 그런 거다 싶거든요. 세월이 지나면 장소가 기억을 지니게 된다는 생각 안 드나요? 건물에 흠집을 내거나 물건을 갖다놓고 하면 어떤 흔적이 남죠. 바꿔 말하면 그걸 기억이라 할 수도 있지 않을까요?"

"그래, 유령 저택이란 말이지. 재미있는걸. 다음에 집의 역사를 한번 알아보지."

집의 역사. 물의 기억. 그리운 죽은 이들.

별안간 기시감이 느껴졌다.

뭐지, 이 묘한 느낌은?

다음 순간, 바람의 냄새 때문이라는 것을 깨달았다.
멀리서 웅성웅성 심상치 않은 기운이 느껴졌다.
옆을 걷는 다시로도 동시에 깨달은 듯했다.
"……무슨 일일까요?"
"그러게."
앞쪽에 보이는 다리에 사람들이 모여 있었다. 다들 강을 손가락질하며 흥분해 소리치고 있었다.
사람들이 점점 더 많이 모여들었다. 다몬과 다시로도 걸음을 빨리했다.
"혹시 저거……."
강이 굽이진 곳을 본 다몬은 움찔했다. 다리 기둥에 뭐가 걸려 있었다.
아무래도 성인 남자의 등 같았다.

이튿날 조간 한구석에 조그만 기사가 실렸다.
죽은 사람은 신주쿠 구에서 부동산 회사를 경영하던 마흔일곱 살의 남자였다. 다리에서 떨어졌을 때 목이 부러진 게 사인인 모양이었다.
당시 모여 있는 사람들을 발견했을 때 다몬이 엉겁결에 도망친 것과는 대조적으로, 다시로는 눈을 빛내며 다가갔다. 금세 경찰이 대거 출동해 구경꾼들을 쫓아내고 그 부근의 출입을 통제했지만.

생명 활동을 정지한 인간은 어째서 그렇게 기이한 물체가 되는 걸까. 다몬은 뇌리에 박힌 강물 속의 등을 떠올리고 몸서리를 쳤다.

위화감이 드는 이유는 무엇일까. 이해할 수 없는 존재가 됐기 때문인가. 감정을 상실했기 때문인가. 누가 치우지 않는 한 그곳에 계속 존재하기 때문인가.

베이컨 치즈 토스트에 커피를 곁들여 아침을 해결하고, 그럼 어디 이제 회사에 들러 메모를 확인하고 스튜디오로 돌아갈까 하고 일어선 순간 현관 초인종이 울려 다몬은 소스라치게 놀랐다.

시계를 보니 이제 막 날이 밝기 시작한 5시다. 다몬은 바로 얼마 전에 스튜디오에서 돌아왔다. 이런 시간에 찾아오는 인간은 대체 어디의 누구일까.

강한 호기심에 인터폰 수화기를 들자, 술친구인 로버트의 목소리가 들리기에 또다시 놀랐다.

"이런 시간에 미안해. 자는 걸 깨웠지? 전화하고 올까도 했는데 전화를 하고 나면 어째 못 올 것 같아서 말이지."

밤새 한숨도 못 잔 듯했다. 그는 초췌한 얼굴로 퀭한 청회색 눈을 깜박였다.

다몬은 아무것도 묻지 않고 다시 커피메이커 스위치를 켰다.

시원해 보이는 청색 여름양복을 입은 로버트는 넋이 나간 사람처럼 부엌 의자에 앉아 있었다. 명백히 고뇌하는 남자, 타격을 입은 남자였다.

"로버트, 아침은 먹었고?"

"고맙지만 아무것도 먹고 싶지 않아."

커피 잔을 그의 앞에 놓으며 다몬은 한 폭의 그림 같다고 속으로 감탄했다. 이런 말 하기는 뭐하지만, 잘 자란 서양인 남자가 이러고 있으면 '정통파 고뇌'라는 느낌이 든다. 다몬은 여간하면 고민하지 않는 사람이지만, 이따금 진지하게 고민할 때도 '왜 또 그렇게 멍청한 얼굴 하고 있어?' 하는 말밖에 못 듣는다.

로버트가 무슨 일로 고민하는지, 왜 자기를 찾아왔는지는 이미 목소리를 들었을 때 직감으로 알았다.

"어제 미카하고 데이트했어?"

다몬이 묻자, 로버트는 보일 듯 말 듯 겸연쩍은 표정을 지었다.

"알고 있었어?"

"그건 아니지만, 로버트가 멋을 냈으니 말이지. 로버트가 그렇게 심각한 표정을 지을 요인이 달리 생각 안 나기도 하고."

로버트는 나지막이 신음하듯 동의를 표했다.

일본 오타쿠인 그가 하이퍼 일본 여성인 미카에게 푹 빠지는 것은 당연한 귀결이었다. 대영제국의 가치관을 물려받은 일차원적 세계에서 자란 상류계급 남자가 그녀를 당해낼 수 있을 리 없다. 상대방이 지금 무슨 생각을 하는지, 무엇을 바라는지, 미카에게는 국경을 초월해 그런 것을 읽어내는 천재적인 센스가 있다. 로버트 앞에서 그녀는 그가 바라는 이미지를 연기하고 있음이 분명하다. 본인은 연기한다는 자각이 없을 것이다. 상대방을 즐겁게 해주는 것은 그녀가 나면서부터 갖고 있는 습관 같은 것이다. 다몬은 지난번 잔, 미카와 셋이서 식사했을 때의 그녀를 로버트에게 보여주고 싶었다. 미카는 로버트가 생각하는 여자와 크게 다르다. 로버트보다도 훨씬 남성적이고, 세심한 동시에 대담하고, 청탁淸濁을 가리지 않는 강인함이 있다.

"실은 청혼할 생각이었어."

로버트가 침울한 목소리로 말했다.

"그 사람 가문에 과연 내가 어울릴지 불안했지만."

그것은 상당한 겸손이라 할 수 있었다. 로버트의 부모와 일가친척은 모두 말 그대로 수백 년 된 성에 산다.

"하지만 어디 그런 말을 꺼낼 분위기여야지. 그 사람은 일에 푹 빠져 있는 모양이야. 어떻게 해도 낭만적인 방향으로 가질 않는 거야."

선수를 쳤군. 미카가 견제한 것이다. 로버트도 마음 한구석으로는 그것을 알아차렸기에 이 정도로 낙심한 것이리라.

"그렇지만 어제가 첫 데이트였다며?"

"그래."

"청혼하는 건 너무 이르지 않나?"

"내 생각은 달라. 그런 여자가 내 앞에 또 나타날 리 있겠어?"

"일본엔 서두르면 일을 그르친다는 속담이 있다고."

"쇠는 뜨거울 때 두드리란 말도 있지."

단박에 맞받아치는 바람에 다몬은 쓴웃음을 지었다.

"로버트, 회사는?"

"10시 회의에만 늦지 않으면 돼. 일단 집에 가야지."

"그럼 잠깐 산책하자. 별 대단한 경치는 아니지만. 옆 역까지 가면 제법 괜찮은 모닝세트가 나오는 커피숍이 있으니까 배가 고프면 거기서 뭘 먹으면 되지."

두 사람은 나란히 이른 아침의 거리로 나섰다. 로버트가 그보다 연하인데, 나란히 있으면 다몬이 어린애처럼 보인다. 정말이지 납득할 수 없는 일이다.

"로버트는 어렸을 때 조립식 모형 같은 거 안 만들었어?"

다몬이 산책길에 발을 들여놓으며 중얼거렸다.

"만들었지. 타미야 키트를 얼마나 열심히 모았는지. 중학교 때 노르망디상륙작전을 그걸로 재현한 건 내 자랑거리라고. 타미야 키트가 내가 일본에 빠져든 계기가 됐지."

음, 과연 영국의 오타쿠는 다르군. 다몬은 속으로 신음했다.

"그런데, 그건 왜?"

"네덜란드에 있을 때 선생님이, 어린애는 왜 인형의 집이니 조립식이니 미니어처 장난감 같은 걸 좋아하는지 생각해봤다더라고."

"어른도 좋아하잖아."

"그건 그렇지. 하지만 어린애는 세계가 어떤 건지 알 수 있는 단서를 원한단 말이지. 자기가 사는 세상을 느끼고 싶다, 세계를 조감하고 싶다. 그 말은 즉, 자기를 객관화하려는 첫 시도인 셈이라는군."

"흠, 그래."

늘 이상하다. 우리가 함께 보는 경치가 로버트의 옅은 청회색 눈에도 내가 보는 것과 같은 색으로 보일까. 색은 고사하고 같은 것을 보고 있을지조차 자신이 없다. 보는 것, 보는 장면에서 연상하는 것도 전혀 다를 것이다. 그런데도 같은 것을 본다고 할 수 있을까.

"그래서 어린애한테 확대와 축소라는 개념을 가르치기 위해 열 배 확대한 그림하고 열 배 축소한 그림을 상상하게 했다나."

"어떻게?"

로버트도 흥미가 생긴 듯했다.

"처음엔 말이지, 교정 한가운데에 여자애가 고양이를 안고 의자에 앉아 있는 장면을 머릿속으로 그려봐. 거기서 열 배 줌아웃하면 여자애는 조그만 점이 되지. 거기서 또 열 배 줌아웃하면 학교를 포함해서 거리가 시야에 들어와. 그 선생님은 줌아웃을 '점프'라고 불렀지만. 그러면 여섯번째 점프에서 네덜란드 전국이 시야에 들어온다는군. 여덟번째에 지구 전체가 들어오고. 그런 식으로 해서 우주 끝까지 몇 번 만에 갈 수 있을 것 같아?"

로버트는 잠시 생각했다.

"글쎄…… 우주의 끝이란 게 어느 정도 범위를 가리키는 거지?"

"이십억 광년이라 쳤을 때, 글쎄, 겨우 스물여섯 번 만에 당도할 수 있다지 뭐야."

"저런, 그렇게 금방?"

"응."

"그래서?"

"재미있지?"

어정쩡한 침묵이 흘렀다.

"혹시 지금 날 위로해주려고 하는 건가?"

로버트가 망설임 어린 목소리로 물었다.

"아니, 그냥 방금 생각난 이야기인데."

다몬이 앞을 본 채 대뜸 대답하자, 로버트의 얼굴에 당황한 빛이 떠올랐다.

"다몬 이야기는 늘 그렇다니까. 종잡을 수가 없고, 종잡으려고 하면 벌써 끝났어."

"결말이 없다는 말 많이 들어. 딱히 결말이 있는 이야기를 하려는 게 아닌데."

"다몬의 이야기는 첫머리가 경구 같다보니 무심코 기대하게 된단 말이지."

"그래?"

"그런 묘한 느낌이 좋은 걸까, 여자들은."

"여자들?"

"셋이서 식사했다며. 미카랑 잔하고."

역시 그 질문이 나오는군. 미묘한 분위기로 보아하니 로버트가 오해하고 있음을 알 수 있었다. 그러나 로버트에게 자신들의 관계를 잘 설명할 자신이 별로 없었다. 남매 같은 것이라고 한들 되레 혼란과 질투만 불러일으킬 것 같았다.

"응, 뭐. 거의 여자 둘이서 떠들고 난 끼어들 여지가 없었지만. 다음엔 넷이서 만나자."

"그래?"

로버트는 그다지 납득하지 않은 듯 불만스레 고개를 끄덕였다.

"다몬은 그 어떤 것에도 구속되지 않고 자유로워 보여. 국적도, 계급도, 성별도."

"그렇지 않아. 난 느끼기만 할 뿐 생각하지 않아. 선택하지 않아. 그건 아주 비겁한 일이잖아? 뭔가를 방기하는 게 아닐까 싶을 때도 있어."

다몬이 한 말의 의미를 헤아려보던 로버트가 입을 열었다.

"아니, 그렇게 보이진 않아. 뭔가를 방기했다거나 포기했다는 생각은 안 드는걸. 다몬은 세계를 거부하지는 않잖아. 모든 걸 수용하는 게 아닐까."

다몬은 신선한 의견이라고 생각했지만, 로버트의 그런 의견에는 그 근저에 일본인에게 선禪 사상이 있다는 고정관념이 깔려 있음을 감지했다. 이럴 때는 대답에 신중을 기할 필요가 있다.

"그래, 아닌 게 아니라 거부하지는 않지. 하지만 수용하는 것도 아니거든. 나로선 그냥 세계를 느끼고 있다고 할 수밖에 없겠는걸."

"어떤 식으로?"

"그러게, 음악처럼?"

"음악?"

"응. 음악은 날마다 귀를 통과하잖아? 귀에 거슬리는 음악이 있는가 하면 기분 좋은 음악도 있어. 참신한 음악, 친숙한 음악, 갈망하는 듯한 음악, 공격적인 음악. 음악이 흐르는 것조차 알아차리지 못할 때도 있고, 왜 그런지 특정 소절만 머릿속을 떠나지 않을 때도 있어. 나한테 세계는 그런 느낌이라고 할까."

"다몬은 시인이군."

"그런 말 처음 듣는데."

그때 처음 깨달았는데, 다몬은 걸핏하면 타인에게 분석 당한다. 묘한 사람, 무국적, 무색투명, 속 편한 베짱이 등등. 그 같은 인간을 보면 불안해지는 모양이다. 어떻게든 자기들이 아는 말로 다몬을 표현하고 알기 쉬운 꼬리표를 붙이려 든다.

이른 아침의 산책길은 아직 공기가 선득했지만 걷다보니 몸이 따뜻해졌다. 오늘도 흐릴 모양이다. 어쩌 한동안 맑은 날씨다운 맑은 날이 없었던 것 같다.

"도심에 이런 곳이 다 있군."

로버트는 조용하고 수풀이 많은 산책길에 놀란 듯했다.

"재미있지?"

"과거로 이어지는 길 같아."

주변 경치에 푹 빠진 로버트를 다몬은 약간 놀란 표정으로 보았다. 이 경치를 보고 그가 과거를 연상하리라고는 생각지도 못했다.

"일본에서 어린 시절이 생각날 것도 아니면서."

다몬은 짤막하게 말했다. 로버트는 어깨를 가볍게 으쓱했다.

"그게 꼭 그렇지도 않아. 오히려 말도 안 되게 어렸을 때 일이 불현듯 생각나고 그런단 말이지. 본국에 있을 땐 그런 일이 없었어. 집에 가면 거기가 추억의 장소니까. 추억에 둘러싸여 있는 셈이니 기억을 떠올릴 필요도 없지. 하지만 멀리 일본에 와 있으면 가령 이렇게 별로 이렇다 할 것 없는 수풀이라도, 기억 속에 있는 것하고 비슷한 점이 있으면 눈에 띄거든. 그러면 머릿속에서 찰칵 하고 영사기가 켜지면서 옛날 풍경이 머릿속에 찰칵찰칵 소리와 더불어 비춰져. 지금이 바로 그래. 어렸을 때 할아버지께 꾸중 듣고 정원 구석 장미나무 뒤에 숨던 게 생각나는군."

다몬은 흑백필름으로 무릎 기장의 반바지를 입은 어린 시절의 로버트가 정원 구석에 쭈그리고 앉은 모습이 보이는 것만 같았다.

향수란 신기하다. 생각지도 못한 힘으로 인간을 뒤흔든다. 다몬도 로버트와 비슷한 체험을 한 적이 있다. 다른 나라에 있노라면 일본에서 있었던 사소한 일이 문득 떠오르곤 했다. 게다가 상당히 선명하고 세세하게 생각나는지라, 그 순간 시간이 멎으면서 모든 것이 움직임을 멈춘다. 지금의 로버트가 그랬다. 자기가 지금 어디에 있는지 알 수 없을 때 보이는 표정이었다.

녹았다.

다몬은 문득 그날 밤 야스쿠니 신사에서의 느낌이 떠올랐다.

방금 어떤 경계선이 녹았다. 조팝나무 덤불. 물고기 모양의 차량통행제한 말뚝. 난간으로 둘러싸인 물 마시는 곳. 봉오리가 맺히기 시작한 철쭉. 회색 하늘을 할퀴는, 꽃이 다 진 벚나무들. 벚나무들…….

"다몬."

로버트가 묘한 목소리로 중얼거렸다. 다몬은 흠칫해서 우뚝 멈춰섰다.

"저게 뭐지?"

다몬은 휘둥그렇게 뜬 청회색 눈이 향한 곳으로 시선을 돌렸다.

잎이 우거진 벚나무 가로수 위쪽에 어쩐지 어둡고 부옇게 번진 부분이 있었다.

그곳에 떠 있는 남자, 흡사 해골처럼 앙상하게 여위고 더할 나위 없이 슬픈 표정으로 보이는 남자.

흐릿하기는 하지만 틀림없이 보인다. 분명히 나무 위에 떠 있다. 아무리 봐도 고양이가 아니다. 게다가 로버트가 먼저 발견했다.

다몬은 신음하듯 대답했다.

"나무지킴이 사내야."

"그래서 말이지, 이상하게도 로버트가 본 건 할아버지 대에 집에 있던 집사라는 거야."

"집사라니, 그런 게 있다는 게 대단하네."

"한번 보고 싶다."

일요일 오후의 긴자는 혼잡했다. 최근 들어 젊은 여성층에게 긴자가 다시 각광받으면서 새로 들어서는 가게도 늘었다고 한다.

다몬에게는 그럴 마음이 없건만, 미카와 잔은 다몬을 끼워 셋이

놀러 나가는 것을 정기 행사로 삼은 듯했다.

오래된 찻집 안은 그곳만 공기가 달랐다. 의자 등받이에 걸친 하얀 커버와 웨이트리스가 입은 하얀 앞치마가 복고적이고 청결한 분위기를 자아냈다.

세 사람은 품위 있는 다른 손님들에 맞춰 낮은 목소리로 이야기하고 있었다.

"그러니까 무슨 뜻이야? 보는 사람에 따라 다르게 보인다는 거야?"

"옛날 일본 사람이 표류한 서양 사람을 보고 천구라고 생각한 것 같은 거 아냐?"

"누더기 기모노 차림이랑 귀족의 집사라니 달라도 너무 다르잖아."

"나이 지긋한 영감님이라는 점에선 같지만."

"내가 보면 뭐로 보일까. 날 예뻐해주시던 할머니로 보일 것 같아."

잔이 커피를 마시며 중얼거렸다.

"로버트는 어떻게 보였대?"

"집사가 잠자코 자기를 보는 것 같더라나. 로버트 말로는, 그 집사라는 사람이 꼭 최후의 고용인 우두머리 같은 인물이었다는군. 대대로 일족이 믿고 의지해왔을뿐더러 죽은 뒤로도 자기네 집 수호신 같은 존재였다는 거야. 어렸을 때 나쁜 짓을 하면 꼭 그 사람한테 야단맞았다나."

잔은 눈살을 찌푸렸다.

"음, 대체 뭘까. 불길한 징조? 아니면 둘 다 마음에 켕기는 구석이 있어서 무의식중에 환영을 본 거야?"

"집단히스테리?"

미카는 회의적인 시선으로 다몬을 보았다.

"그렇지만 난 로버트한테 나무지킴이 사내에 관해선 한 마디도 안 했고, 로버트가 가리키기 전까지는 잊어버리고 있었는데."

"모르는 일이야. 집단히스테리라는 건 아주 사소한 계기로 일어나니까. 내가 초등학생 때 싱가포르에서 살았는데, 어느 날 아침 갑자기 전교생이 눈이며 목이 아프다고 하는 바람에 소방차랑 경찰이 출동하는 사태가 벌어진 적이 있었거든. 얼마나 난리가 났는지. 하지만 의사가 와서 조사해도 다들 아무 이상이 없는 거야. 진찰이 끝날 무렵엔 다들 멀쩡해졌어. 원인이 뭐였을 것 같아?"

미카는 두 사람의 얼굴을 번갈아 보았다. 다몬과 잔은 짐작도 가지 않는다는 듯 어깨를 으쓱했다.

"학생 중에 다른 애들한테 인기가 있고 성실한 여자애가 있었거든. 다들 흘끔흘끔 훔쳐보면서 저애 참 괜찮다고 생각하는 그런 애. 그애가 우연히 그 전날 광화학 스모그에 관한 책을 읽은 거야. 왜, 영국에서 수천 명이 죽은 사건이 있었잖아, 1950년대에 있었던 일이지만. 그래서 겁이 난 모양이야. 그날은 우연히 날씨가 흐리고 무더웠던 데다 학교 옆에서 건물 해체 공사를 하느라 실제로 점막이 따끔거렸어. 그러다 점점 괴로워지니까 아, 광화학 스모그

때문이구나, 하고 착각한 거지. 그애는 겁이 나서 혼자 패닉에 빠졌어. 그런데 교실에 들어온 선생님도 공사 현장 앞을 지나왔으니까 '오늘은 목이 아프군' 하고 중얼거린 거야. 그래서 그애의 확신은 더 강해졌어. 그애가 창백하게 질려서 목을 붙들고 헉헉거리니까 그애를 보고 있던 같은 반 애들한테까지 그게 전염됐고. 한 학급 학생들이 소란을 피웠더니 그게 학교 전체로 퍼진 거야."

"저런. 그 성실한 여자애가 혹시 미카 아냐?"

다몬이 묻자 미카는 김샌다는 표정으로 대답했다.

"아냐. 난 아픔을 호소하지 않은 몇 안 되는 학생 중 하나였다고."

듣고 보니 그 편이 미카답다는 생각이 들었다.

패닉에 빠진 교실에서 냉정한 눈으로 주위 학생들을 관찰하는 미카가 눈에 선했다.

"흐음, 재미있는걸. 하지만 그렇게 말하자면 세상일이라는 게 원래 늘 집단히스테리 같은 거 아냐? 축제도 그렇고, 유행도 그렇고, 아이돌 가수도 그렇지. 주식하고 부동산이 오르는 게 가장 으뜸가는 예잖아. 그게 괜찮은 것 같다, 그걸 갖고 싶은 것 같다고 모든 사람이 일제히 그렇게 느끼는 거야. 집단히스테리에 의해 세상이 움직이고 소비가 증진돼."

다몬은 남은 아이스커피를 빨대로 마시며 중얼거렸다.

"그럼 연애는?"

잔이 어딘지 모르게 냉랭한 미소를 지으며 다몬을 흘긋 보았다.

"지극히 개인적인 히스테리지."

 다몬은 또다시 해질녘의 강변을 걷고 있었다.
 과거로 이어지는 길. 일상의 단장斷章. 왜 그런 걸 봤을까. 전에도 이곳을 몇 번 산책했지만 그때는 그런 것을 보지 못했다.
 그때 로버트는 놀라기는 했지만 그 뒤의 반응은 지극히 냉정했다.
 이유를 묻자 그는 이렇게 대답했다.
 난 예감을 믿고 징조라는 것도 존재한다고 생각해. 그 사람이 오늘 이곳에서 내 앞에 모습을 드러냈다는 걸 순순히 받아들이겠어.
 다몬은 무슨 일이 일어날 것 같으냐고 물었다. '나무지킴이 사내'가 종전 직전에 나타났다는 전설도 이야기했다.
 글쎄. 로버트는 침착하게 대답했다. 다만 지금의 일본이 엄청난 속도로 변화하고 있다는 건 분명하지. 일본이 바라는 방향으로 가고 있는지는 알 수 없지만, 어딘가를 향해 일직선으로 달리기 시작한 건 분명해. 밖에서 보면 일본은 신주쿠며 롯폰기처럼 그야말로 불야성이거든. 늘 휘황찬란하게 불이 밝혀져 있는 것처럼 보여. 어디, 이래도 항복 안 할래, 하고 멈출 수 없게 된 기계처럼 엔YEN을 계속 생산하는 것처럼 보인단 말이지. 다몬은 이 흥청망청 들뜬 분위기가 무섭지 않아? 난 이 야단법석의 종착점이 어디일지 마지막까지 지켜보고 싶어. 그때 내가 일본에 있을지 없을지는 알 수 없지만.
 흐름 속에 있을 때는 그 속도를 알 수 없다. 로버트에게는 흐름의 속도가 보이는 것이리라. 아닌 게 아니라 세간의 들뜨고 부산한 분위기, 다 같이 하늘 높은 줄 모르고 자꾸자꾸 치솟기만 하는 느낌은 감지하고 있었다. 도쿄의 경관은 무시무시한 기세로 달라져가고 있었다. 여자들은 나날이 얼굴이 바뀌고 패션이 대담해졌다. 얼마 전에 잔, 미카와 함께 긴자를 거닐었을 때도 옷차림으로 일반인과 아닌 사람을 구분하기 어려워졌다는 것을 깨달았다. 얼굴 없는 누군가가 키를 크게 꺾어 어딘가로 가고 있는, 어딘가를 향해 일직선으로 달려가고 있는 거리. 그 목적지는 아무도 모른다.
 딱히 지금만 그런 게 아니다. 어느 시대나 세계는, 사람은 늘 흐름 속에 있다.
 흐름 속에.
 다몬은 문득 탁한 강바닥으로 눈길을 돌렸다. 어두운 물속에서 주홍빛 잉어가 천천히 움직이고 있었다.
 흐름 속에.
 강물 속에 엎어져 있던 남자의 등이 눈앞에 떠올랐다.
 다몬은 멈춰섰다.
 이 강 끝에 이어져 있는 것은······.
 멀리 앞쪽에 나무 벤치에 앉은 다시로가 보였다.
 다몬은 그를 향해 천천히 걸어갔다.
 "안녕하세요."

인사를 하며 옆에 앉았지만 다시로는 늘 그러하듯 돌아보지 않았다.

"요새 꿈을 안 꿔."

"그러시겠죠."

다몬이 중얼거리자 다시로가 그를 흘긋 보았다.

"지도를 보니까 이 간다 천은 계속 굽이져 흘러가더군요. 여기가 스기나미 구고, 그다음이 나카노 구, 그리고 신주쿠 구로 이어지던데요."

다시로는 무표정한 얼굴로 고개를 앞으로 돌렸다.

"다리가 아주 많죠."

다몬은 앞쪽에 보이는 다리를 흘긋 보았다.

주택가를 관통하는 강에는 다리가 많다. 다리 위로 간선도로가 가로지르고 다리 양쪽으로 버튼식 신호기가 설치된 곳도 많다.

"다들 우아한 이름이 붙어 있습니다. 스기나미 구 내에서 기억나는 다리 이름을 몇 개 대볼까요? 고후쿠 다리, 하치만 다리, 모리카와 다리, 히마와리 다리, 간나 다리, 무쓰미 다리, 오토메 다리, 코즈에 다리. 야요이 다리란 것도 있었죠. 꽤 많이 기억하는데요."

다몬은 웃는 얼굴로 손가락을 꼽았다.

다시로는 의아하다는 표정으로 앞을 보고 있었다.

"어때요? 알아차리셨습니까?"

다몬은 다시로의 얼굴을 물끄러미 바라보았다.

다시로는 앞만 보고 있다.

"방금 말한 다리 중에서 몇몇 이름의 맨 앞머리를 연결하면 '나무지킴이 사내(고모리오토코)'가 되잖습니까? 고후쿠, 모리카와, 오토메, 코즈에. 어쩌면 그때 선배는 '고모리오토코'가 아니라 '고·모리·오토·코'라고 했는지도 모르겠군요. 무심코 농담으로 해본 말이겠지만, 제가 그 말에 반응할 거라곤 생각 못 하셨겠죠."
　다시로의 얼굴에서 표정이 사라졌다.
"선배는 제가 본 '나무지킴이 사내'하고는 다른 의미로 그 말을 쓰신 거죠. 절묘한 우연이었지만요."
　다시로가 어처구니없다는 표정으로 다몬을 빤히 보았다.
"너야말로 SF 작가가 돼야겠다. 엄청난 상상력이야. 대체 어디서 그런 발상이 생겨나는지 머릿속을 한번 들여다보고 싶군."
"아이고, 아뇨, 소용없습니다. 제 머리는 크리스마스트리니까요. 저 자신도 배선이 어떻게 돼 있는지 잘 몰라요."
　다몬은 나지막이 소리내어 웃었다.
"됐으니까 협조해주세요. 전 방금 여기를 걸으면서 '나무지킴이 사내'가 제 앞에 나타난 이유를 필사적으로 생각하고 있었습니다. 그런데 그 이유가 생각난 겁니다. 절 납득시켜주세요. 그래야 제 직성이 풀릴 테니까요. 진상은 아무래도 상관없어요. 이런 가설은 어떨까 생각했을 뿐입니다."
　어안이 벙벙해서 다몬이 얼마만큼 제정신인지를 가늠하는 눈초리로 그를 바라보던 다시로는 벤치 등받이에 몸을 기댔다.
"알았다. 들으마. 너도 늘 내 괴상한 꿈 이야기를 들어줬으니까."

"고맙습니다. 그래서 말이죠, 저, 얼마 전에 강물 속에서 죽은 남자 있잖습니까? 그 남자를 제가 안다는 걸 깨달은 겁니다."

다시로는 움찔해서 잠시 다몬을 돌아보았으나, 금세 시선을 앞으로 되돌렸다.

"제 친구 중에 큰 부동산 개발 회사에서 일하는 녀석이 있거든요. 죽은 남자도 부동산업자라고 했죠. 그 남자가 경영하던 신주쿠의 부동산 회사 이름이 귀에 익었던 겁니다. 제가 들은 건 별로 좋지 못한 소문이었습니다. 뒤에선 영수증깡 업자라 불렸다죠. 간단히 말해서 투기꾼을 도왔던 모양입니다. 탈세를 돕는 거죠. 고액 영수증을 발행해주는 대가로 액면가의 몇 퍼센트를 챙깁니다. 물론 위법이지만 큰돈을 쉽게 벌기 때문에 한번 시작하면 그만둘 수 없나보더군요. 그러다보면 투기꾼뿐 아니라 온갖 사람들이 영수증 발행을 부탁해온다나요."

다몬은 느긋한 목소리로 이야기를 계속했다.

"거기까지 생각했다가 번득 깨달은 겁니다. 그 사람이 간다 천다리 옆에서도 영수증을 발행했던 게 아닐까. 고객하고 만날 다리를 그날그날 바꿨던 게 아닐까. 그럼 스파이 놀이 같고 재미있지 않겠습니까?"

다몬은 다시로에게 동의를 구했지만 대답이 돌아올 기미는 없었다.

"예컨대 여기 부유한 남자가 있다 쳐보죠. 매스컴 업계의 인기인이다보니 세무서에서도 주시하고 있습니다. 세금 때문에 골머리를 썩는 그는 강가의 허름한 집을 삽니다. 토지는 그렇다 치고 자산 가치가 전혀 없는 집을 말도 안 되게 비싼 값에 산 척합니다. 그 터무니없는 가격으로 영수증을 발행 받을 수 있다면 큰 도움이 되죠. 그에 성공한 그는 자기 친구한테도 남자를 소개합니다. 그는 이따금 강가에서 쉬면서 영수증깡 업자의 신호를 기다렸다가 친구한테 어느 다리에서 만날지를 전달합니다."

다몬은 빙긋 웃었다.

"어때요? 조리가 서지 않습니까?"

다시로도 웃었다.

"훌륭하군. 대단한데."

"그렇죠? 이걸로 선배가 왜 그 다 무너져가는 집을 샀는지, 왜 여기서 누굴 기다리는 것 같은 눈치인지, 왜 그 남자가 살해됐는지 알 수 있단 말이죠."

"그 남자가 살해됐다고?"

"그야 그렇지 않겠습니까? 일부러 이런 데까지 불러냈는데. 고객을 가장한 투기꾼이나 그 배후에 있는 무서운 형씨들한테 제거됐을 테죠. 저 같은 일반인이 소문을 들었다는 건, 이미 당국에 찍혔다는 뜻이니까요. 그건 곤란하지 않겠습니까?"

"호, 그렇단 말이지."

꼼짝 않고 뭔가를 생각하던 다시로는 이윽고 어딘지 모르게 개운한 표정으로 고개를 끄덕였다.

"아닌 게 아니라 그렇군. 납득했어. 이제 시원해졌나?"

"네, 협조해주셔서 고맙습니다. 꽤 재미있었죠?"

"그래, 나도 시원하다."

다시로는 천천히 일어섰다.

"가시게요?"

"그래. 이 일을 시작하고 나서 몇 년째 쉬지도 않고 달려왔으니 다음 주부터 한 석 달, 이른 바캉스를 떠나볼까 하는데."

"그래요, 그거 좋겠는데요. 느긋하게 쉬다 오세요. 조심해서 다녀오시고요."

다시로는 피식 웃더니 주머니에서 낡은 열쇠를 꺼냈다.

"'70년대 하우스'의 열쇠다. 너, 내가 없는 소리 하는 줄 알았냐?"

"아뇨, 그건 선배의 작풍하고 달랐으니까요. 다만 그 집을 산 데 대해 어떤 죄의식을 갖고 있는 게 아닐까 싶었던 거죠. 제 망상으로는 그렇다는 말입니다."

다시로는 소리 없이 웃었다.

"그래, 죄의식이란 말이지. 그렇다면 난 집이 꾸는 악몽하고 공명하고 있는 셈이군."

다시로는 열쇠를 짤랑짤랑 흔들더니 손을 폈다. 딸랑, 하고 맑은 소리가 났다.

다몬은 황급히 손을 내밀었다. 싸늘한 열쇠가 손바닥 위에 묵직하게 올라앉았다.

"확인해보라고. 네가 그 집에 어떤 식으로 공명하는지. 어떤 꿈을 꾸는지."

"네? 아니, 저……."

다몬은 당황해서 다시로를 보았다.

"나도 네 꿈 이야기를 꼭 들어보고 싶다."

"아, 예. 흥미는 있습니다만."

다몬은 손 안의 열쇠를 응시했다.

"백중 때쯤 되면 그 집은 철거될 거다. 난 그 무렵 아직 외국에 있을 거야. 열쇠는 너 좋을 대로 해. 안 가도 상관없지만 나로선 철거되기 전에 네가 몇 번 가보면 좋겠군."

"짐은요?"

"남길 건 벌써 내갔어. 남아 있는 것 중에 마음에 드는 게 있거든 가져도 돼."

"아, 예. 레코드도 있습니까?"

"미안하지만 레코드는 전부 다른 데로 옮겼다."

"쳇, 선배의 레코드, 기대했는데요."

"나도 간직하고 싶은 추억이 있다고."

다시로는 히죽 웃으며 그렇게 말하고는 손을 가볍게 흔들고 가버렸다.

다몬은 복잡한 표정으로 그를 배웅했다.

"저기, 내 눈엔 안 보이는데, 나무지킴이 사내."

"나 보고 싶어. 할머니!"
"아, 참 시끄럽네. 그래선 저쪽에서도 무서워서 안 나올 거라고."
"아닌 게 아니라 그렇군."

미카와 잔, 다몬과 로버트는 나란히 강가 산책길을 걷고 있었다.

앞장서서 걷는 두 여자는 어찌나 소란스러운지, 연신 주위를 두리번거리고 나무와 관목을 들여다보고 급기야 소리까지 질러대는 형편이었다.

그로부터 몇 주 뒤, 자기들 눈에도 '나무지킴이 사내'가 보이는지 어떤지 확인해보고 싶다며 두 여자가 다몬의 집으로 쳐들어왔다. 귀신같이 그걸 알아낸 로버트가 자기도 동참하겠다고 해서, 결국 넷이 나서게 된 것이다.

오랜만의 맑은 주말. 산책길은 가족이며 노부부, 개를 데리고 나온 사람들로 북적였다.

다몬은 담배에 불을 붙이고 걸으면서 담배를 즐겼다.

처근 로비드는 다본이 담배를 피우기 시작하면 그때마다 "다몬이 너무 맛있게 피워서"라며 덩달아 담배에 불을 붙인다. 일본이 끽연 천국인 탓에 금연을 망쳤다며 노상 투덜거린다.

로버트는 지난번의 고뇌를 극복한 듯했다. 기회는 아직 있다며 기사회생을 노리는 모양이다.

"그러고 보니 다몬, 저번에 말했던 우주 끝까지 나아가는 댄스 말인데."

로버트가 불현듯 말했다.

"응?"

"우주 끝까지 스물여섯 번. 그럼 그 반대는?"

"반대?"

"그 선생님은 매크로와 미크로의 시점을 학생들한테 가르친 거잖아? 축소 쪽은 어떻게 되지?"

"아아, 그렇군. 그건 말이지, 이번엔 10분의 1씩 줄어드는 거야. 교정에 앉아 있는 소녀에서 다음엔 손을 클로즈업하고, 그다음은 피부, 피부 속의 혈관, 이런 식으로 줄어들어서 혈구 속 탄소원자의 원자핵 풍경까지 도달하는 데 열세 번. 이걸로 가장 작은 세계까지 간 셈이야. 다 합해서 마흔 번."

"마흔 번. 세계의 최대에서 최소까지 마흔 번 점프하는 건가. 겨우 마흔 번?"

"그래."

"무슨 이야기야? 최대는 뭐고 최소는 또 뭐야?"

잔이 두 사람을 돌아보았다. 다몬은 어깨를 가볍게 으쓱했다.

"웅대한 우주 이야기."

"우주가 이렇게나 넓은데 나무지킴이 사내는 우리 앞에 안 나타나는구나."

미카가 과장되게 두 손을 치켜들었다.

왁자지껄 떠들며 걷던 다몬의 눈에 강변의 집이 들어왔다.

기와를 얹은 2층 목조 가옥. 길쭉하고 작은 그 집은 창문마저 푸른 넝쿨에 뒤덮여 어딘지 모르게 어둡고 고요했다.

"세상에, 엄청 오래된 집이다."
"어째 박력 있는걸. 유령이 나올 것 같아."
집을 본 미카와 잔이 소곤거렸다.
그래, 맞아. 이 집은 정말 나온다고.
다몬은 청바지 주머니 속에 든 열쇠 꾸러미를 꽉 쥐었다.
열쇠를 받아 집 앞에 섰을 때가 지금도 선명하게 기억난다.
집 안은 캄캄했다. 간유리 너머로 아무것도 보이지 않았다.
다몬은 발을 들여놓을지 말지 망설였다. 이미 폐가 특유의 스산한 분위기가 감돌고 있었는데도 막연히 유리 너머로 어떤 기척이 느껴졌다. 결국 그날은 발을 들여놓지 않았다.
저렇게 낡고 작은 집이니 해체 작업은 기껏해야 이틀이면 끝날 것이다. 그 전에 꼭 안에 들어가보고 싶기는 한데, 집 앞까지 오면 어쩐지 망설여졌다.
다몬은 집의 존재를 느끼며 천천히 그 앞을 지났다
문득 넝쿨에 뒤덮인 장유리 너머에서 뭔가가 움직인 듯했다.
흠칫해서 돌아보았지만 아무것도 보이지 않았다.
기분 탓인가.
"다몬, 징조의 정체는 알아냈어?"
로버트가 넌지시 물었다.
다몬은 힘차게 고개를 끄덕였다.
"응, 아마도."
"그래. 다몬한테 좋지 않은 일인가?"

"모르겠는걸. 뭔가를 크게 바꿔놓으리란 건 분명한 것 같지만."
"흠."
다시로를 마지막으로 만난 날 이래로 강가를 걸어도 나무지킴이 사내를 보지 못했다. 한동안 볼 일이 없을 것 같다.
"어머, 귀여워라."
"어머머, 바람개비를 들었네."
다몬은 그 순간 경직되었다.
길 저편에서 한 노인이 유모차를 밀며 다가왔다. 품위 있어 보이는 깡마른 남자는 손주인 듯한 아기를 태운 유모차를 조용히 밀고 있었다.
유모차에 탄 아기는 앳된 표정으로 노란 바람개비를 들고 있었다.
그 순간 다몬은 공기가 물렁하게 일그러진 듯한 착각이 들었다.
전에도 저 영감님을 봤다. 자주 이곳을 지난다. 다시로 선배와 벤치에 앉아 있었을 때도……
다몬은 눈을 깜박였다. 머릿속에서 뭔가가 연결되었다.

나무지킴이 사내. 고모리오토코. 아이 보는 남자.

역시 다시로는 나무지킴이 사내라고 말한 것이었다.
십중팔구 다시로는 저 노인이 지나가기를 기다리고 있었을 것이다. 그가 미는 유모차 안 바람개비의 색깔을 보기 위해.
다몬은 그 생각에 망연자실했다.
잔과 미카는 유모차 앞에 쪼그리고 앉아 아기에게 손을 내밀었다.
"아이, 우리 아기 똑똑하기도 하지."
"몇 개월 됐나요?"
갓난아기는 천진하게 웃고 있었지만, 다몬은 흥건히 배어나오는 땀이 흡사 타인의 것처럼 느껴졌다.
로버트는 자상한 표정으로 아이와 장난치는 두 미녀를 지켜보고 있었다.
어이, 로버트. 지금 그렇게 흐물흐물 녹아 있을 때가 아니라고. 여기 징조가 있다고.
다몬은 속으로 독설을 퍼부었으나, 발이 움직이지 않았고 눈도 노인에게서 떨어지지 않았다.
온화한 눈길로 아기와, 아기를 어르는 두 여자를 바라보던 노인이 천천히 얼굴을 들어 다몬과 시선을 맞추었다.
노인은 주름지고 기품 있는 얼굴로 머리를 살짝 숙였다.
다몬도 무의식중에 답례했다.
노인이 느닷없이 히죽 웃었다. 지금까지의 품위 있는 얼굴이 거짓인 양, 그야말로 입이 쭉 찢어진 것 같은 불길한 웃음이었다. 그리고 다음 순간, 얼굴이 해골처럼 칙칙한 색으로 변하고 움푹 꺼진 안와가 보인 듯했다.

나무지킴이 사내 | 63

'그럼, 또.'

노인이 머릿속에 그렇게 직접 말을 건 듯한 기분이 들어 다몬은 흠칫했다.
"바이바이."
"미남으로 자라렴. 간장 얼굴을 목표로 하는 거야."
잔과 미카는 티 없이 아이에게 손을 흔들었다.
노인은 품위 있는 미소로 답하고 조용히 유모차를 밀며 가버렸다.
다몬은 얼마 동안 그 자리에 우뚝 서서 노인의 뒷모습을 지켜보았다.
온몸이 땀으로 싸늘하게 식어 있었다.
"다몬, 뭐 해?"
"아무리 귀여워도 그렇지, 유괴하면 못 써."
두 여자의 가차 없는 목소리가 앞쪽에서 날아왔다. 로버트가 그들의 언동에 당황한 것을 알 수 있었다.
"지금 가."
다몬은 쓴웃음을 짓고 마지막으로 한 번 더 뒤를 돌아보았다.
노인의 뒷모습은 이미 멀어졌다.
그럼 또.
몸속 어디선가 그 목소리가 왕왕 울리고 있었다. 모든 것을 꿰뚫어본 것 같은 그 낮은 목소리가.

'나무지킴이 사내.'

  그런 것이 존재하는지, 그가 정말 그런 것을 봤는지는 알 수 없다. 그러나 그가 그것을 봤다고 생각했던 당시 일본은, 그중에서도 특히 도쿄는 거품 경제의 정점을 향해 한창 치닫는 중이었다. 그리고 그로부터 겨우 몇 년 뒤, 유례없는 국가 재정 파탄이 닥쳐 미증유의 금융 위기와 출구가 보이지 않는 경기 불황을 맞이하게 된다. 그것은 또다른 의미에서 제2의 패전이라 할 만큼 도쿄를 풀 한 포기 나지 않게 철저하게 파괴했다고 할 수 있다.

The Discontinuous Circle

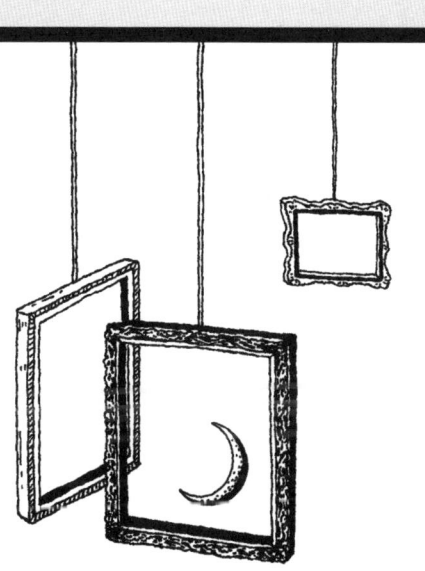

악마를
동정하는
노래

"들으면 죽고 싶어지는 음악이란 게 있잖아?"
 다몬이 무심코 중얼거린 말에 옆에서 걷던 로버트가 보일 듯 말 듯 얼굴을 찌푸렸다.
 "그렇게 단언할 일은 아닌 것 같은데. 다몬은 있어?"
 다몬은 잠시 생각하더니 고개를 가로저었다.
 "아니, 그렇게까진 아니고 엄청나게 우울해지는 정도는 있어."
 "〈글루미 선데이〉처럼?"
 로버트가 오래된 상송 제목을 중얼거렸다.
 다몬은 "아아" 하며 고개를 끄덕였다.
 "그거 말이지? 얼마 전에 영화로도 나오지 않았던가? 실제로는 몇 명이 자살했다더라? 꽤 많은 사람이 그 노래를 듣고 죽었다던데."

"영국에선 방송 금지됐을걸."

〈글루미 선데이〉는 1930년대에 유럽에서 유행한 노래로, 이 곡을 듣고 사람들이 연이어 발작적으로 자살한 탓에 저주받은 상송으로 유명해졌다.

"저런, 그건 몰랐는걸. 일본에는 '사자에 씨 증후군'이란 게 있는데 말이지."

"사자에 씨?"

일본 오타쿠인 로버트도 〈사자에 씨〉까지 보지는 않았나보다.

"벌써 수십 년째 하고 있는 국민적 TV 만화인데, 일요일 저녁 6시에 방영하거든. 이 만화영화 주제가를 들으면 이제 주말도 끝났고 내일부터 또 출근해야 하는구나 하고 우울해지는 사람이 많은 모양이야."

"그렇군."

날씨가 맑기는 하지만 이따금 불어닥치는 바람이 찼다.

주위는 아무것도 없는 들판. 근처 간선도로를 달리는 트럭과 승용차 소리만 살벌하게 들린다.

평일 낮이다. 사방을 둘러봐도 지나가는 사람이 아무도 없다. 차들이 속속 풍경 속을 달려가는 가운데, 몸집이 가냘픈 일본인 청년과 키 큰 백인 남자가 유유하게 걷고 있다.

"로버트는 없어? 들으면 우울해지는 음악?"

다몬은 멈춰서서 가슴주머니에서 담배를 꺼내 불을 붙였다.

로버트가 자기도 피우고 싶은 표정을 짓기에 권했다.

"아…… 으음, 고마워."

로버트는 잠시 주저하더니 신음을 흘리면서 담배를 받아들었다. 그러고 보니 지난주부터 금연한다고 들은 것도 같다. 아까부터 쉬지 않고 한 시간가량 걸었는데, 흡연자가 담배 생각이 나는 타이밍은 대개 비슷한 모양이다.

둘이 길가에 서서 담배를 피웠다.

"글쎄, 그러고 보니 〈헤이 주드〉가 있군."

로버트는 눈을 위로 치켜뜨고 연기의 궤적을 좇으며 중얼거렸다.

"비틀스?"

"응."

"왜?"

"몰라. 난 비틀스는 데뷔곡 때부터 일관되게 어떤 원숙함이 느껴지더라고. 시대적인 분위기도 가미돼 있고 말이지. 그중에서도 〈헤이 주드〉는 곡 전체에 종말의 분위기와 달관이 감도는 것 같아서."

"달관이라…… 그렇군."

담배를 피웠더니 배가 고파졌다.

"출출하지 않아?"

"좀."

"저쪽에 편의점이 있으니까 뭣 좀 사오자."

그렇게 말하며 다시 걸음을 뗐는데, 저 멀리 보이는 편의점 간판이 흡사 신기루처럼 아무리 가도 가까워질 줄 몰랐다. 텅 빈 풍경이다보니 거리가 제대로 파악되지 않는 것이다.

그나저나 요새 일본 사람들은 정말이지 걷지 않는다. 요즘 세상에 어느 선진국에서나 걷는 것은 도시 사람들뿐이고, 시골 사람들은 어디를 가건 차를 타니 걷는 일이 거의 없다는 말을 들은 적이 있다.

아닌 게 아니라 차들만 휙휙 오가고 사람은 그림자도 없다. 하기야 이렇게 교통량이 많고 위험한 국도를 따라 걷는 사람은 아무도 없을 것이다. 이따금 자전거가 지나가는 정도다. 형식적으로 인도가 있기는 하지만, 목적은 어디까지나 차량 통행이고 보행자는 염두에 두지 않은 게 명백하다. 성인 남자의 평균 어깨 넓이를 완전히 무시한 인도의 폭 탓에, 스칠 듯 말 듯 차가 지날 때마다 적잖이 생명의 위협을 느껴야 한다는 게 그 증거다. 운전자 입장에서는 왜 이런 곳을 보행자가 어슬렁어슬렁 걷고 있느냐고 할 것이다.

발 닿는 대로 걷는 것을 좋아하는 다몬은 주로 관광 코스에 없는 길을 선택하는 데다, 일하는 시간이 불규칙하다보니 평일에 여행을 갈 때도 많다. 그러면 도쿄는 길거리에 사람이 그렇게 빽빽하게 들어차 똑바로 걷기도 힘들 지경이건만 지방에는 걷는 사람이 아무도 없다는 데 늘 놀라게 된다.

로버트가 동행한 것은 우연이었다.

얼마 전에 몇 번째로 회사를 옮긴 그는, 마침 다음 직장에 출근하기 전까지 시간이 비던 차 다몬이 N시에 간다는 말을 듣더니 따라나섰다.

N시는 요새 메밀국수가 맛있는 모양이라고 조언까지 하더니, 같이 어울리는 친구인 미카에게도 주말에 N호텔에 묵으며 다 함께 식사를 하자고 끌어들였다.

어쩌면 그쪽이 주목적이었는지도 모르겠다. 로버트는 벌써 이럭저럭 일 년 넘게 미카에게 홀딱 반해 있으니까.

하이퍼 일본 여성인 미카는 여전히 메이드 인 저팬 영업에 매진하는 중인데, 통산성이 이름을 바꾼 지금은 일본의 지적 콘텐츠를 가지고 세계 정복을 노리는 모양이다. 거대 게임소프트 회사 집행임원으로 갈 것이라는 소문이 끊이지 않지만 본인은 부인한다.

그런데 다몬이 어째서 이런 겨울, 그것도 평일 낮에 이런 곳에 왔느냐 하면, 그것은 모두 '세이렌' 때문이었다.

쓰카자키 다몬이 처음 그 이름을 들은 것은 올해 초였다.

세이렌.

물론 진짜 이름은 아니었다. 누가 멋대로 그렇게 불렀을 뿐이다.

세이렌. 그것은 그리스 신화에 나오는 마물인데, 상반신은 젊은 여자고 하반신은 새다. 아름다운 노랫소리로 뱃사람을 미혹해 배를 좌초시키거나 침몰시켜 파멸로 이끈다. 사이렌이라고도 불리며, 경찰차나 구급차가 울리는 사이렌이나 댐에서 방수할 때 울려 퍼지는 사이렌의 어원이기도 하다.

기술은 비약적으로 발전하고 있다.

바야흐로 컴퓨터 한 대만 있으면 작곡에서 녹음에 이르기까지 모두 할 수 있고, 인터넷을 통해 전세계에 배포하는 것조차 가능하다. 그리고 그런 기술의 발전이 저작권의 양상에 다대한 영향을 미쳐 다몬 같은 음악업계 종사자에게는 산업의 근간이 뒤흔들리는 사태를 초래한 상황이다. 다몬은 그에 관한 질문을 받으면 모호한 대답밖에 하지 못한다. 오는 사람 거절하지 않고 가는 사람 붙잡지 않는 타입의 그는 그저 현재의 조류를 지켜볼 뿐이다. 세계는 어차피 되는대로 갈 수밖에 없다. 흐름을 멈추는 일은 불가능하다.

어쨌든 음악을 점점 손쉽게 만들 수 있게 됐고 유통이 간편해졌다는 것은, 어디서나 음악을 만들 수 있고 어디로든 음악을 보낼 수 있다는 뜻이다.

그 결과 지방에서 일상생활을 영위하면서 활동하고 음악을 발신하는 뮤지션들이 곳곳에서 동시에 자연발생적으로 나타났다. 아이를 키우면서 또는 가업을 거들면서 또는 외국에 살면서 활동하는 사람들이다.

다몬이 처음 들었던 것은 무책임한 도시괴담 같은 소문이었다.

듣다보면 죽고 싶어지는 목소리가 있다는 것이었다.

사실 음악업계란 의외로 괴담이 많은 곳이다.

영광과 좌절, 예술과 경제, 양극단의 것들이 얽히는 업계이니 그럴 만도 하지만, 실제로 스튜디오나 녹음된 데이터에는 마물이 다수 깃들어 있다. 괴담이며 전설은 지금껏 수도 없이 들었고, 다몬 자신도 논리적으로 설명할 수 없는 기묘한 체험을 한 적이 몇 번 있다.

그렇기 때문에 다몬도 그 소문을 별반 신경쓰지 않았다.

그런 소문은 밤늦은 시간의 패밀리레스토랑이나 주점, 스튜디오 휴게실이나 이동 중의 버스에서 늘 거품처럼 떠올랐다가 바로 꺼지게 마련이다.

그러나 한 달 뒤, 다몬은 또다시 그 소문을 들었다.

내용은 전보다 좀더 구체적이었다.

신비한 마력을 가진 보컬리스트가 있다. 그 목소리를 듣고 몇몇 사람이 의심스러운 상황에서 죽었다. 삼십대 여성이고 간사이에 사는 미혼모인 듯하다. 직접 어쿠스틱 기타를 치며 노래하고, 작곡부터 녹음까지 전부 혼자 해서는 완성된 곡을 이따금 아는 사람을 통해 발표한다.

제법 그럴싸하다는 점에서 다몬은 거꾸로 작위를 느꼈다

요새는 홍보 전략이 상당히 치밀하고 교묘해졌으므로 소문이나 입소문을 가장한 홍보가 아닐까 생각한 것이다. 동료도 비슷한 수법으로 신인을 데뷔시킨 적이 있다.

만약 이게 홍보 활동의 일환이라면 머잖아 데뷔 소식이 들려올 것이다. 입소문을 통해 유명해진 뮤지션이 마침내 메이저 시장에 데뷔한다는 식으로.

그러나 은밀히 상황을 주시하며 기다려도 그런 말은 끝내 들려오지 않기에 대체 뭐였을까 생각할 무렵 또다시 소문을 들었다.

'세이렌'이 활동을 중지했다(두번째 소문을 들었을 즈음부터 그렇게 불리기 시작했다). 그녀의 목소리를 듣고 죽는 사람이 속출하는 바람에 목소리를 봉인했다.

이런 내용이었다.

이것 역시 묘한 이야기로군. 다몬은 그렇게 생각했다.

음악 활동을 '시작'한 것은 금세 알 수 있다. 결과물을 들으면 되니까. 그러나 이 소문을 발신한 사람은 '중지'했다는 것을 어떻게 확인했을까.

누가 세이렌 근처에 있다. 직접 세이렌을 알고 소문을 퍼뜨리는 인물이 있다. 그러나 그 인물의 목적이 무엇인지를 잘 모르겠다. 다몬은 그런 인상을 받았다.

그리고 소문은 잠잠해졌다.

얼마 지나 자신의 일이 일단락됐을 때, 다몬은 문득 그 일이 다시 생각났다.

그에게는 자타가 공인하는 청개구리 같은 면이 있다. 타인이 관심을 보이면 관심이 사그라지고 아무도 거들떠보지 않게 되면 그제야 호기심이 생긴다는 것은 그에게 흔한 패턴이다. 게다가 직업적인 측면은 거의 무시하다시피 하고 순전히 개인적인 흥미만 좇을 때가 빈번하다.

경우에 따라서는 그 편이 진실에 근접하기도 한다.

그도 마음 한구석에서는 그것을 깨닫고 있었다. 그렇지만 '세이렌'에 관해 조사하기 시작했을 당시의 그는, 이번에도 또 사실은 가까이 가서는 안 되는 것에 지나치게 접근하게 되리라는 것을 아직 알지 못했다.

"그래서, 세이렌이 이 근방에 산다는 건 확실하고?"
로버트가 연어 주먹밥 포장지를 요령 좋게 벗기고 한입 베어물며 다몬을 보았다.
간신히 편의점에 도달한 두 사람은 빵과 주먹밥, 페트병에 든 차 등을 사고 화장실에 다녀왔다. 교외형 편의점이라 점포 면적이 넓고, 커다란 주차장으로 트럭 같은 업무 차량이 잇따라 들어온다. 손님이 끊임없이 드나들고 쉴새없이 팔려나가는 상품을 종업원이 빠른 속도로 척척 처리하는 모습은, 지금까지 인적 없이 텅 빈 국도를 걸어온 두 사람에게 흡사 딴 세상처럼 보였다.
"일본 사람은 이제 편의점 없이는 못 살 거야. 필요한 긴 뭐든 다 있겠다, 정보 기지 역할도 하겠다, 생활의 모세혈관이나 다름없잖아? 요새는 젊은 사람뿐 아니라 고령자도 많이 이용하고."
"일본의 편의점은 원조인 미국 것하곤 다르지. 이렇게 상품 관리가 철저하고 독자적인 진화를 이룬 편의점은 일본뿐이야."
둘이서 한바탕 편의점 담론을 주고받은 뒤, 밖으로 나와 짐을 챙겨 빵과 주먹밥을 먹으며 걷기 시작했다.
애초에 로버트에게는 이 여행의 개요를 간략하게만 설명했다.
다몬은 짤막하게 고개를 끄덕였다.

"응. 거의 확실할 거야. 십중팔구 여기일 거다 하는 주소도 확보해놨고."

"그럼 직접 그리로 가보면 되잖아. 약속은 잡아놨고?"

"이렇게 둘이서 이런 데를 걷고 있는데 그럴 리 있겠어?"

다몬이 태평한 목소리로 대꾸하자 로버트는 쓴웃음을 지었다. 다몬의 성격을 잘 알고 있으니 대충 예상했던 대답이겠지만, 너무나도 당연하다는 듯 그렇게 말하니 쓴웃음이 난 것이리라.

"다몬의 목적은 뭐지? 세이렌의 목소리를 상품화하는 건가?"

"아무리. 청취자가 죽으면 곤란하다고. 그거야말로 〈글루미 선데이〉가 될 거 아냐."

다몬은 장난 반, 진담 반으로 대답했다.

"그럼 다몬은 세이렌에 관한 소문을 믿어?"

"으음, 글쎄."

다몬은 고개를 갸웃했다.

다몬이 세이렌에 관해 조사하기 시작한 것은, 가을바람이 불기 시작해 슬슬 스웨터를 꺼내 입기 시작했을 무렵이었다.

우선은 소문의 출처를 알아내고 실제로 그 목소리를 들은 적이 있는 사람을 찾아내는 데서부터 시작했다.

다몬은 내심 세이렌의 곡을 실제로 들은 사람이 없는 게 아닐까 의심하고 있었다. 만약 그런 마력을 지닌 목소리를 이 업계 사람이 정말로 들었다면 눈 깜짝할 사이에 소문이 퍼졌을 것이다.

아니나 다를까, 소문을 언급했던 사람들에게 연락을 취해봐도 세이렌의 목소리를 들어봤다는 사람은 만날 수 없었다. 다들 세상에, 그걸 진짜 믿었어? 하고 놀라거나, 음, 누구한테 들었더라? 하고 무관심한 반응을 보일 뿐이었다. 모두가 단순한 도시괴담으로 받아들였음을 새삼 알 수 있었다. 개중에는 폭발적으로 팔리지는 않아도 고정팬은 반드시 확보하는 개성적인 뮤지션을 발굴해온 다몬의 경력을 생각해, 다몬 씨, 설마 세이렌을 찍은 거야? 하고 몸을 들이밀며 묻는 업계 사람도 있어 쓴웃음을 지어야 했다.

그런 경위를 거쳐 역시 실체 없는 뜬소문이었나 하고 낙담하려던 찰나, 마침내 소문의 시초가 된 사건에 도달했다.

아니, 도달했다기보다 맞닥뜨렸다고 하는 편이 옳을 것 같다.

우연히 예전 친구를 만나 이야기를 나누다가 그 화제가 나온 것이다.

어느 주말, 동료와 아오야마에서 술을 마시던 다몬은 2차로 간 바에서 화장실에 들어가려다 안에서 나오는 사람과 서로 "아!" 하고 소리쳤다.

딱히 친했던 것은 아니지만 전에 누군가를 통해 여럿이서 함께 몇 번 술을 마신 적이 있는 마쓰카와라는 남자였다. 당시는 큰 음료 회사 영업사원이었는데, 지금은 그만두고 고향으로 돌아가 집에서 하던 요릿집을 이어받았다고 들었다.

마쓰카와는 일 때문에 도쿄에 왔다고 했다. 잠시 선 채로 이야기했는데, 마침 같이 온 일행이 그만 가보겠다고 해서 그럼 같이 한잔하자며 카운터로 자리를 옮겼다.
　마쓰카와는 유쾌한 사람이라 즐겁게 이야기할 수 있었다. 아는 사람의 근황을 주고받다보니 어느새 밤이 깊었다.
　"그러고 보니 다몬 씨, 음반사에서 일하시죠?"
　마쓰카와가 퍼뜩 생각난 것처럼 중얼거렸다.
　"뭐, 여전히 슬렁슬렁 일하고 있어."
　다몬은 얼근하게 취해 고개를 끄덕였다.
　"우리 고향에서 좀 기묘한 일이 있었거든요."
　마쓰카와는 담배를 재떨이에 비벼 껐다.
　"기묘한 일이라니?"
　다몬은 거의 조건반사로 그렇게 물었다. '음반사에서 일하는 것'과 '고향에서 일어난 기묘한 일'이 어떻게 연결되는 걸까 머리 한구석으로 생각하고 있었다.
　"뭐랄지, 어떤 사람의 노랫소리를 듣고 나서 연달아 몇 명이 죽었다지 뭡니까."
　다몬은 흠칫했다.
　별안간 몸속 어딘가가 깨어나고 안테나가 우뚝 솟았다.
　세이렌.
　"그거 혹시 기타 치면서 노래하는 여자 아냐?"
　순간 다몬이 몸을 들이밀고 묻자, 마쓰카와는 당황한 듯 눈을 껌벅였다.

"어? 어떻게 아시죠?"

"응, 좀 그럴 일이 있었어. 마쓰카와 씨도 그 목소리 들어봤어?"

"아뇨. 전 못 들었는데 친구가 들어서요."

"그 친구는 무사하고?"

"네, 그야 물론."

다몬의 진지한 어조에 마쓰카와는 피식 웃었다. 그로서는 음반사 사람과 술자리에서 주고받을 화제로 적당한, 그럴싸한 도시괴담이라고만 생각했을 것이다.

그러나 다몬은 몹시 진지했다. 드디어 실제로 목소리를 들은 인물이 등장한 것이다.

"경위를 자세하게 가르쳐줘."

다몬이 채근하자 마쓰카와는 "그렇게 자세히 아는 건 아닌데요" 하고 운을 뗀 다음 이야기하기 시작했다.

마쓰카와의 고향에 있는 미니 FM 방송국이 발단이었다.

연초에 어째서인지 그 곡이 방송된 것이다. '어째서인지'라고 한 것은, 스태프가 BGM으로 준비한 곡 중에 어느 틈에 그 노래가 섞여들어가 있었기 때문이다.

한 달에 한 번 그 지역 밴드며 아마추어 뮤지션의 곡을 몇 곡 틀어주는 프로그램이 있기 때문에, 처음에는 그쪽에 응모한 곡이 어쩌다 착오가 생겨 다른 프로그램에 쓰였으리라고 생각했다. 그러나 아무도 그 MD를 본 기억이 없다고 했다. 좀처럼 없는 일에 모두 고개를 갸웃거렸다. 그 MD에는 그저 지저분한 글씨로 '산山 소리'라고 적힌 스티커가 붙어 있을 뿐 다른 정보는 아무것도 없었다.

그렇게 잘 부르는 것도, 못 부르는 것도 아닌, 느린 보사노바풍의 차분한 곡이었다고 한다. 오늘 밤도 잠이 안 온다, 산 소리가 무서우니까, 라는 가사였다고 한다. 즉, '산 소리'는 노래제목이었다는 이야기다.

그러나 방송 직후부터 전화가 여러 통 걸려왔다. 메일이며 팩스도 쏟아졌다. 하나같이 '누가 부른 무슨 곡인가' 'CD는 나와 있나' 하는 문의였다.

스태프들은 곤혹했다. 그들도 이 뮤지션에 관한 정보가 전혀 없었기 때문이다.

스태프의 '알 수 없다'는 대답에 청취자들은 만족하지 않았다. 문의가 계속되고 좌우지간 한 번 더 틀어달라는 요청이 잇따랐다.

그래서 스태프도 그 곡을 다시 한번 틀고 작곡자는 방송국으로 연락달라는 메시지를 방송에 내보내기로 했다.

이 사건은 그 지역에서는 제법 화제가 된 터라, 두번째 방송 때 이 〈산 소리〉를 녹음한 사람이 있었을 것은 분명하다.

그러나 방송국의 메시지에도 불구하고 작곡자 내지 가수가 나서는 눈치는 없었다. 이렇게 되면 스태프가 할 수 있는 일은 아무것도 없다. 어째 찜찜했지만 이 일은 그것으로 끝났다.

그런데 잊어버렸을 즈음해서 스태프가 묘한 소문을 들었다.

〈산 소리〉를 들은 사람이 죽는다는 것이었다.

시야가 훤히 트인 도로에서 블록 담장을 차로 들이받고 죽은 남자가 죽는 순간 〈산 소리〉를 듣고 있었다. 조깅 중에 돌연사한 남자도 〈산 소리〉를 들으며 달리고 있었다. 〈산 소리〉를 들으며 공부하던 재수생이 아침에 싸늘한 주검으로 발견되었다.

이런 소문이 그럴싸하게 퍼진 것이다.

스태프들은 또다시 곤혹했다. 이 소문에 관해 뭔가 발언을 해야 할 것인가, 뭔가 대책을 세워야 할 것인가. 다 함께 의논한 결과 일단 소문이 사실인지 조사해보기로 했다.

차가 담벼락을 들이받은 사고, 조깅 중의 돌연사, 재수생의 병사는 각각 실제로 있었던 일이었으나, 〈산 소리〉와의 인과관계를 증명할 단서는 끝내 발견되지 않았다. 안도한 스태프는 단순히 근거 없는 뜬소문이었다고 결론을 내리고 그로써 사태를 종결짓기로 했다.

"이렇게 된 일입니다."

마쓰카와는 요령 있는 말솜씨로 이야기를 마쳤다.

"그렇군."

다몬은 마쓰카와의 이야기를 곱씹어보았다. 의외로 단순한 이야기다. 다소 살이 붙었을지언정 다몬이 들은 것과 원형은 상당히 비슷하다.

"별로 자세히 알지 못한다더니 꽤 많이 아는데."

다몬의 말에 마쓰카와는 어깨를 가볍게 으쓱했다.

"아, 예, 사실은 거기 디제이가 고등학교 때 친구거든요. 그 친구한테 술자리에서 직접 들었으니 다른 사람들보다는 좀더 자세히 알고 있을지도 모르죠."

"그럼 그 디제이는 〈산 소리〉를 실제로 들었겠군?"

"네."

"소개 좀 해주면 안 될까?"

마쓰카와는 이번에야말로 놀라 자빠졌다.

"네? 다몬 씨한테요? 왜요?"

"직업상 그런 소문에 흥미가 있거든."

"그래서 디제이는 만났어?"

로버트가 흥미진진한 표정으로 물었다. 이야기를 듣다보니 호기심이 동한 모양이다.

국도를 겨우 벗어나 주택가로 들어서니 이 역시 딴 세상 같은 정적이 두 사람을 에워쌌다. 별안간 자기들 말소리가 커진 것처럼 느껴졌다.

옛 가도에 인접한 이곳에는 꽃이 아름다운 절이 곳곳에 있다. 그 절들을 한 바퀴 도는 게 일단 오늘 목적이다. 12월도 중반에 접어든 이 시기에 꽃이 피어 있을지는 의문이지만.

그래도 하이킹하는 사람들이 더러 보였다. 그들도 절을 돌아보는 게 목적인 것 같다.

"만나진 않았지만 처음에 전화로 인사하고 그다음부터 메일을 주고받으면서 경위를 확인했어."

다카세라는 디제이는 활달하되 냉정한 사람이었다.

억지를 써서 소개받은 터라 우선 처음에는 전화를 걸어 정중하게 인사하고 대략적인 이야기를 들었다. 마쓰카와에게 들은 내용과 거의 유사했지만, 그 뒤 메일로 궁금한 점을 몇 차례 질문하다 보니 전화로 들었을 때와는 다른 세부적인 사실이 드러났다.

"그중 하나가, 그 MD가 들어 있지 않았을까 싶은 봉투가 발견됐다는 거야."

절 입구에서 다몬은 두 사람 몫의 표를 사고 로버트에게 한 장을 건네며 설명했다.

"호, 보낸 사람은?"

"물론 무기명. 받는 사람 주소를 쓴 글씨만 봐선 울뚝불뚝 거칠어서 성별을 알 수 없다나. 다만 소인이 지금 우리가 걷는 이 지역 우체국 것이었어. 만약 세이렌이 익명을 희망한다면 자기가 사는 곳에서 먼 우체국을 골랐을 가능성도 있지만, 그렇다면 중앙 우체국이나 번화가의 큰 우체국으로 갔을 거란 말이지. 그러니 MD를 보낸 사람은 이 지역에 사는 게 아닐까, 그 사람은 이렇게 추측했어."

"아닌 게 아니라 그렇군."

하이커가 짚으로 엮은 고깔 모양의 싸개를 쓴 모란꽃을 사진 찍고 있었다. 이 절은 모란이 유명한가보다. 다양한 품종의 이름이 적힌 모란 나무들이 경내에 가득 심겨 있었다.

"모란은 봄꽃 아니었나?"

역시 원예 대국 출신에다 성에서 나고 자란 영국인은 꽃에도 밝다. 띄엄띄엄 핀 붉은 꽃을 보더니 설명을 구하는 표정으로 다몬을 보았다.

"모란은 품종이 엄청 다양하니까. 벚꽃도 겨울에 피는 종이 있으니, 이것도 그런 게 아닐까."

다몬은 여느 때처럼 애매하게 대답했다. 로버트는 흰색과 붉은색으로 얼룩덜룩한 꽃을 흥미롭게 바라보더니 정색하고 다몬을 보았다.

"내 생각에 그 MD는 아무래도 스태프가 몰래 갖다놓았을 것 같은데. 나도 그런 작은 방송국을 아는데, 가족적인 분위기고 불특정 다수의 사람들이 드나드는 데가 아니거든. 세이렌은 스태프 중에 있는 게 아닐까."

모란을 감상하면서도 머리를 굴리는 게 로버트답다.

다몬은 고개를 끄덕였다.

"맞아. 내 생각도 그렇고, 디제이 생각도 마찬가지야. 적어도 세이렌과 가까운 인물이 있는 게 틀림없다고. 그렇지만 아직까지 누군지 밝혀지지 않았단 말이지. 스태프 중에 있을지도 모르지만, 그 인물은 자기가 세이렌의 관계자라는 게 알려지는 걸 원치 않는 모양이야."

"스태프 중에 세이렌 내지는 세이렌의 관계자가 있다 치자고."

정원을 천천히 돌며 로버트가 말했다.

"그 인물은 목적을 달성한 건가? 그 뒤로는 세이렌과 관련해 어떤 움직임도 없잖아? 달성하지 못했다면 다시 뭔가 하지 않겠어? 그런데 아무 일도 없다면 이미 목적을 달성한 걸지도 몰라. 그건 즉, 〈산 소리〉를 방송에 내보내는 게 목적이었다는 뜻이 돼."

"그러게. 데뷔가 목적도 아닌 것 같고. 데뷔하고 싶은 거라면 화제가 됐을 때 다음 곡을 보냈을 테니까."

"요컨대 세이렌 내지 세이렌 관계자는 어디까지나 이 지역 사람들한테 〈산 소리〉를 들려주는 게 목적이었던 셈이군. 미니 FM 방송국이 커버하는 지역이 그렇게 넓진 않을 테고."

"그러게."

다몬과 다카세 역시 메일을 주고받는 사이에 로버트와 비슷한 결론에 도달했다.

세이렌은 십중팔구 〈산 소리〉가 두 번 방송을 탄 것에 만족했으리라고. 이유가 무엇이든 간에 세이렌의 목적은 달성된 것이다.

또 하나, 다카세를 통해 처음 알게 된 사실이 있었다.

그는 어디까지나 자신의 개인적인 의견이라며 서두를 떼더니 MD를 보낸 인물이 누군지 알 것 같다고 했다.

무슨 뜻이냐고 다몬이 묻자, MD가 들어 있던 봉투와 MD 라벨의 글씨와 필적이 같은 사람을 안다고 했다.

다카세의 메일은 신중한 필치로 쓰여 있었다.

전에 그곳 고등학교에서 수학을 가르쳤던 인물인데 지역 명사나 다름없다. 향토사며 예술 방면으로도 밝아 자기 집에서 아마추어 콘서트 같은 것도 자주 개최하기도 한다. 필체가 매우 독특해서 어

악마를 동정하는 노래 | 87

디선가 본 뒤로 기억하고 있었는데, 자기 생각에는 그 글씨와 봉투의 글씨가 대단히 유사한 것 같다. 음악 소프트웨어로 작곡한다는 소문을 들은 적도 있고, 방음 기능을 갖춘 오디오룸도 있으니 그의 집에서라면 미니 앨범을 제작하는 것도 가능할 것이다.

그런 완곡한 말투에서, 그가 이 인물을 고발하기를 원하는 건 아니다. 아니, 오히려 그런 사태를 피하고 싶다는 뉘앙스가 묻어났다.

"뭐야, 그럼 세이렌의 정체는 이미 판명된 거잖아."

로버트가 김샜다는 듯 두 팔을 벌렸다.

"판명됐다고도 할 수 있고, 아니라고도 할 수 있지."

둘은 모란 정원에서 나와 주택가의 구불구불한 길을 걷기 시작했다.

고택들 뒤로 이 지역에서 흔히 보이는, 밥공기를 엎은 것 같은 완만한 산이 바싹 붙어 있다. 산을 따라 마을이 이어진다는 것을 알 수 있다. 막바지에 다다른 단풍이 아직 남아 있는 산은 칙칙한 난색 계열의 색채로 뒤덮여 있었다.

"아닌 게 아니라 MD를 보낸 건 그 사람일지 모르지만, 세이렌이 누군지, 무슨 이유로 보냈는지는 알 수 없잖아."

"그 수학선생은 남자래?"

"그래. 육십대 중반 넘은."

"그럼 그 사람 본인이 세이렌일 순 없겠군."

"응."

다카세는 교사의 이름까지는 밝히지 않았지만 다몬이 알아서 조사하는 것은 관여하지 않겠다고 했다. 그래서 다몬은 알아서 조사했다. 지역 명사에, 전직 고교 수학교사에, 자택에서 아마추어 콘서트를 여는 사람이 그렇게 흔할 리 없다. 이름과 주소는 금세 알아냈다.

"다몬은 어떻게 하고 싶은 거지? 그 집을 찾아갈 생각이야?"

로버트는 급속히 흥미를 잃은 듯했다.

"일단 집 앞을 지나가볼 생각이긴 한데, 어떻게 할지는 아직 못 정했어. 뭐, 천천히 산책하자고. 좀더 가면 국보급 건물을 볼 수 있는 절도 있겠다."

걷다보니 아이들의 목소리가 들려왔다.

근처에 초등학교가 있나보다.

문득 보니 정문 앞 도로 건너편에 소박하게 울타리가 둘러져 있고, 그 안에 강아지 네 마리가 한데 엉겨붙어 있었다. '강아지 분양합니다'라고 쓰인 팻말이 전화번호와 함께 울타리에 붙어 있었다.

"뭐야, 이게."

"꽤나 겁먹었는걸."

두 사람은 초등학교 정문과 강아지들을 번갈아 보며 그 앞에 쭈그리고 앉았다. 생후 몇 개월 안 된 강아지들이다. 한배인지 다들 털 색깔이 비슷하다. 개의 품종은 잘 모르지만 테리어 쪽인 것 같다.

"장사도 참 얌체같이 하는군. 아침저녁으로 애들이 지나다니면서 '엄마, 강아지 사줘' 하고 소리 지를 걸 기대하는 속이 뻔히 보여."

"분명히 애들이 있는 대로 쿡쿡 찌르고 건드리고 했을 테지. 완전히 인간 불신에 빠졌어."

강아지들은 도망칠 곳을 찾아 구석에서 서로 몸을 붙인 채 움츠리고 있었다. 다몬이나 로버트와 눈을 맞추려 들지 않는다. 떼로 몰려드는 아이들의 공격에 노출되어 상당한 스트레스를 받았으리라.

"세이렌."

다몬이 중얼거렸다.

"세이렌도 이런 느낌의 여자가 아닐까."

"어째서?"

로버트가 일어서며 물었다.

"어쩐지 부조리한 공포에 노출돼 있는 사람이란 생각이 들어."

"나도 〈산 소리〉를 들을 수 있었으면 좋았을 텐데. 어떤 기분이 들지 궁금하군."

강아지를 두고 다시 걷기 시작했다.

"들어보겠어?"

다몬의 말에 로버트는 "어?" 하며 의아한 표정으로 돌아보았다.

"들어보다니, 다몬은 들어본 적 있어?"

"응."

다몬은 가슴주머니에서 휴대용 MD플레이어를 꺼냈다.

다카세가 〈산 소리〉의 데이터를 몰래 보내준 것이다. 물론 개인적으로만 쓴다는 조건으로. 다몬은 그것을 되풀이해 들었다.

몸을 맞붙이고 사람과 눈을 마주치지 않는 강아지.

로버트는 말문이 막힌 듯 다몬을 빤히 응시했다.

"그래서 괜찮았어?"

"지금까지는. 자, 여기."

다몬이 아무렇지도 않게 MD플레이어를 주자, 로버트는 복잡한 표정으로 머뭇머뭇 이어폰을 귀에 꽂았다.

"……흠, 이게 세이렌의 목소리란 말이지."

미카는 중얼거리며 이어폰을 뺐다.

"어떻게 생각해?"

로버트가 정색하고 물었다. 미카는 곤혹스러운 표정으로 고개를 갸웃거렸다.

"음, 딱히 특별한 목소리 같진 않은데. 적어도 난 별 마력을 느끼지 못했어. 다만 굉장히 닫힌 목소리 같단 생각은 드네."

"닫힌 목소리라니?"

다몬이 미카의 잔에 와인을 따라주자, 그녀는 고개를 살짝 숙였다.

"내향적인 목소리. 세상을 향해 발신하는 타입이 아니라 반경 5

미터 내의 닫혀 있는 세계에 사는 사람 목소리야."

"닫혔단 말이지…… 그래."

다몬은 몇 번씩 고개를 끄덕였다.

오랜만에 만나는 미카는 그새 완전히 관록이 붙었다. 예전에 고위 관료의 길을 걷기 시작했을 당시의 반짝반짝 광나는 양갓집 아가씨의 모습은 그림자를 감추고, 이제는 차분한 매력과 잘 연마된 강인함이 위압감마저 주었다.

대식가라는 점은 변함이 없어서 그녀는 호텔의 디너 코스가 너무 고상해서 양이 적다며 놀랍게도 치즈와 빵을 요구했다. 물론 와인도 빠른 속도로 해치우는 중이다.

"여전히 호쾌한걸."

"부족한 수면 시간은 먹는 걸로 보충하는 수밖에 없다고."

미카는 빵을 찢으며 태연하게 대답했다.

어찌나 덥석덥석 잘 먹는지 다몬도 로버트도 감탄하며 눈을 떼지 못한다.

"일본 공무원은 일을 참 많이 하는군."

"일본 관료가 아냐. 일본 관료의 일부지."

로버트가 중얼거린 말을 미카가 딱 부러지게 수정했다.

유서 깊은 호텔의 널찍한 레스토랑은 서양식과 일본식 건축이 아름다운 조화를 이룬 곳이었다.

다몬은 이런 곳에 올 때마다 일본이 어디나 이런 센스를 갖춘 나라였으면 좋을 텐데 싶다. 세상은 어째서 어디에서나 저속한 취향이 고상한 취향을 구축하는 걸까. '경제적'이라는 한 마디가 모든 것을 결정해버린다. 요컨대 경제가 만물을 지배한다는 말인가. 그렇다면 경제란 왜 이다지도 저속한 걸까.

"그래서 그 범인인 듯한 인물은 만났어?"

"범인은 아닌데."

미카의 물음에 다몬과 로버트는 마주 보았다.

"뭐야, 그 뜨뜻미지근한 반응은."

"응, 그게 좀."

다몬은 자기 잔에 레드 와인을 따랐다.

로버트는 굳은 얼굴로 〈산 소리〉를 듣고 있었다.

다몬은 옆에서 걸으며 그의 표정을 살폈다.

그렇게 긴 곡은 아니다. 기껏해야 삼 분 될까 말까. 도중에 로버트는 평소의 냉정한 표정을 되찾더니 이윽고 "흐음" 하며 이어폰을 뺐다.

"어때?"

"생각보다 조용한 곡이군. 독특한지는 잘 모르겠는데."

"그렇지?"

다몬도 듣기 전까지는 꽤 가슴이 두근거렸는데 들어보니 맥이 빠졌다.

소박하고 쓸쓸한 여자의 목소리. 곡과 연주도 목소리 못지않게 소박하고 딱히 인상에 남지 않는다. 솔직히 말해 기타를 좀 만지고 다양한 음악을 접했으면 고등학생도 작곡할 수 있을 것 같다. 약간 매끄럽지 못한 인상을 주는 것도 아마추어라 그런가.

다소 마음에 걸리는 점이 있다면 〈산 소리〉라는 제목과 가사 내용일까.

> 잠이 안 와 오늘밤도 잠이 안 와
> 그 소리가 들리니까
> 밤의 밑바닥 졸졸 소리 나뭇가지 스치는 바람
> 그리고 그 소리가 들려와
>
> 잠이 안 와 난 잠이 안 와
> 오늘밤도 그 소리가 들려
> 흙 금침에 묻혀 있던 아득한 메아리
> 그리고 그 소리가 내 방 창문을 흔드니까

"〈산 소리〉. 가와바타 야스나리지?"
로버트가 MD플레이어를 다몬에게 돌려주며 중얼거렸다.
"응, 자세한 내용은 잊어버렸지만 거기서 산 소리는 죽음의 상징이었던 것 같아."
"맞아, 그런 이야기였지."
일본 문학은 물론 로버트의 수비권 안이다.

"나한테 가와바타 야스나리는 괴기 작가란 이미지인데 말이야. 에로도 농후하고."
다몬의 말에 로버트가 크게 고개를 끄덕였다.
"난 〈잠자는 미녀〉가 좋은데."
"이미지 클럽의 원조지."
"아아, 듣고 보니 정말 그런걸."
로버트는 진지하게 고개를 끄덕이니 쿡 하고 웃었다.
길 앞쪽에 커다란 절 건물이 보였다. 규모가 꽤 큰 사원이다. 부지가 넓고 산 사면에 삼층탑이 쌍을 이루어 서 있다. 아직 선명한 색깔의 단풍이 남아 있는 사면에 검은 탑이 돋보였다. 법당 벽면과 일본식 정원을 한바퀴 둘러본 뒤, 두 사람은 〈산 소리〉 이야기로 돌아갔다.
"곡을 보낸 사람이 들려주고 싶었던 건 곡일까, 목소리일까. 아니면 양쪽 다?"
자갈 밟는 소리를 늘으며 다몬이 중얼거렸다.
"가사를 전달하고 싶었을 가능성도 있지."
"가사라, 뭐였지? 산 소리가 무섭다…… 죽는 게 무섭다고?"
다몬은 자문자답했다.
"일종의 안부를 전한 거였을 가능성은 없을까?"
로버트가 불현듯 생각난 듯 다몬을 보며 말했다.
"안부를 전해?"
"교섭자가 유괴범한테 인질의 목소리를 들려달라고 하잖아. 어

악마를 동정하는 노래 | 95

쩌면 자기가 무사하다는 걸, 근처에서 듣고 있을 누군가한테 전하고 싶었는지도 몰라. 드러내놓고 연락할 수 없는 누군가한테."

"그렇군. 하지만 그런 거라면 확실하게 방송되게 해야 할 텐데."

"그러니까 방송국에 내통자가 있었던 거야. 그 인물이 틀어줄 건 미리 알고 있었던 거지."

"아아, 그렇군."

일단 조리는 선다. 그러나 다몬은 로버트가 '안부'라는 말을 꺼냈을 때 머리를 스친 게 무엇이었는지 기억나지 않았다. 분명히 뭔가 떠올랐는데 그게 뭐였을까?

다시 오래된 주택가로 들어섰다.

근사한 일본식 가옥들이 늘어서 있다. 현관 위에 장식된 조그만 금줄이 눈에 띈다.

다몬은 어렸을 때부터 세계 각지에서 살았고 일본 내에서도 이곳저곳 많이 옮겨다녔지만, 이런 관습은 처음 보았다.

금줄. 부정한 것의 침입을 막는 결계.

집집마다 장식된 금줄은 마치 사탕처럼 가운데가 불룩한 형태다. 그렇게 길지는 않다. 오래된 일본식 가옥의 분위기와 잘 어울린다.

"재미있군."

로버트가 유심히 살펴보며 말했다.

"지역에 따라선 정어리라든지 호랑가시나무, 주걱을 장식하기도 해. 모두 액막이의 계보지."

"흐음."

두 사람은 느긋이 길을 걸었다.

슬슬 날이 저물기 시작했다.

차가 달리는 큰길이 가까워지면서 트럭의 굉음이 들리자 어딘가로 돌아가야 할 것만 같다.

그때 어째선지 다몬과 로버트는 동시에 같은 방향을 보았다.

한줄기 차가운 바람이 불어온 것 같았다.

두 사람은 마주 보았다.

집과 집 사이에 좁은 골목이 있고, 그 안쪽에 검은 고양이가 오도카니 앉아 있다.

고양이 너머에 탁 트인 공간이 있으리라는 예감이 들었다.

두 사람은 누가 먼저랄 것 없이 그쪽을 향해 걸어갔다. 고양이가 두 사람을 유도하듯 야옹 하고 울더니 뒤로 돌아 걷기 시작했다. 두 사람을 잠깐 돌아보고는 슥 달려간다.

두 사람은 흡사 홀린 것처럼 따라갔다.

예상대로 열린 공간이 나왔다.

고양이는 커다란 대문 밑으로 서슴없이 달려들어갔다.

산의 품에 안긴 양 고요히 서 있는 커다란 일본식 가옥이었다.

키 작은 산울타리로 둘러싸인 집은 저택이라 불리기에 걸맞은 위엄을 갖추고 있었다. 정원을 둘러싸듯 선 오래된 광 두 개까지 보인다.

정원에 있는 조그만 채마밭에서 한 남자가 부지런히 일하고 있었다.

완만한 뒷산은 완벽하게 조경의 일부를 이루고 있었다. 대숲과 솔숲이 기와지붕의 배경으로 경치와 어우러진다.

두 사람은 대문 앞에 우두커니 서서 안을 바라보았다.

한층 강한 바람이 불어닥쳤다.

두 사람은 움찔했다.

바람 소리인지 뭔지 알 수 없는, 울림이라고밖에 할 수 없는 것이 몸을 감쌌다.

산이 울렸다.

그런 느낌이 들었다.

채마밭에서 일하던 남자가 별안간 동작을 멈추었다. 다몬과 로버트도 덩달아 몸이 굳었다.

얼마 동안 꼼짝 않던 남자가 그들을 휙 돌아보았다.

그래도 두 사람은 달아나지도, 얼굴을 돌리지도 못한 채 그 자리에 우두커니 서서 그를 응시했다.

"어쩌 거짓말 같은 이야기네. 그게 뭐야. 고양이가 인도했다는 거야?"

미카는 반신반의하는 눈치다. 치즈를 입에 넣고는 로버트를 사납게 노려보았다.

"하지만 분명히 바람이 불어서 우리를 그 집으로 인도했다고.

거짓말 아니야. 미카도 그 자리에 있었으면 똑같은 느낌을 받았을 걸."

로버트가 변명했다.

"문제는 그 집이 우리가 찾던 그 전직 교사의 집이었다는 사실이야. 엄청난 우연 아냐? 난 그 아저씨를 본 순간 딱 직감했다고. 바로 그 사람이라고."

다몬은 로버트를 향해 고개를 끄덕이며 명쾌하게 대답했다. 미카가 어이없다는 듯 말했다.

"세상에, 다몬은 언제부터 영감을 믿게 된 거야?"

"옛날부터. 뭐, 만날 느끼는 건 아니지만. 그보다 저 광은 스튜디오겠다 싶었어. 어딘지 모르게 개조된 느낌이 드는데, 광을 개조한다면 스튜디오다 하는 직감이 들었던 거지."

"뭐야, 근거가 있잖아?"

"그렇지만 왜 거기서 골목으로 들어갔는지가 수수께끼란 말이지. 곧장 국노만 보고 걸었지, 곁길로 새겠다는 생각은 눈곱만큼도 없었다고."

"그래서 멍청한 낯짝을 하고 대문 앞에 서 있는 영국 놈이랑 일본 놈 둘을 보고 그 전직 교사가 어쨌다는 거야?"

"미카, 말씨가 험악해지지 않았어?"

"웬 참견."

미카는 새침한 얼굴로 와인을 한 병 더 시켰다. 질리지도 않나 보다. 다몬은 어깨를 으쓱했다.

"로버트가 재치 있게 대처했지. 정원을 칭찬했어."
"그렇군. 원예가들의 연대감을 이용했단 말이지. 정원 사랑은 국경을 넘는다."
"실제로 근사했거든. 뒷산의 경치도 아름다운 게, 꼭 미니어처 정원 같은 효과를 자아내던걸."

남자는 하운드투스체크 헌팅캡을 쓰고 파란 셔츠와 검정 니트 조끼, 회색 바지를 입었다.
그 단정한 차림새와 은테 안경을 쓴 지적인 용모가 학술 관계자 같은 분위기를 자아내는지라, 그를 보는 열 중 아홉이 선생이라 생각할 터였고 실제로도 그는 선생이었다. 초로의 나이였지만 동작이 기민하고 젊다.
"어디를 찾아오셨습니까?"
그가 온화하게 물었다. 타인과의 교섭에 익숙한 말투는 차림새와 마찬가지로 빈틈이 없었다.
"죄송합니다. '꽃의 절'을 돌아보다가 고양이를 보고 무심코 따라왔는데, 정원이 어찌나 훌륭한지 그만 넋을 놓고 보고 있었습니다."
로버트가 성실한 인상을 주는 완벽한 일본어로 말하자, 그는 놀라는 기색도 없이 "아아, 그렇습니까" 하며 빙긋 웃었다.
"원하신다면 안내해드리죠. 별로 크진 않습니다만."

"불쑥 찾아와서 죄송합니다."

다몬이 머리를 숙여 인사하자, 그는 오히려 다몬이 일본어로 말한 게 뜻밖이라는 듯 의아한 표정으로 다몬을 보았다. 다몬 쪽이 국적 불명 같은 분위기가 있기 때문이리라.

정원은 몇 구역으로 나뉘어, 전형적인 일본식 정원과 채마밭 외에도 싸리가 가득한 뒷마당이 있었다. 싸리도 이제 거의 끝나갈 무렵이라 다 타버린 막대 불꽃 같은 풍치가 쓸쓸함을 자아냈다.

"저도 싸리를 좋아합니다. 영국에 있는 저희 본가에도 심고 싶은데 말이죠."

로버트가 싹싹하게 말하자 남자는 싸리 심기에 관해 조언하기 시작했다.

"뒷산 풍경이 정원하고 한데 어우러지는군요."

다몬이 말하자 남자는 "네" 하며 고개를 끄덕였다.

"저 산도 저희 것이랍니다. 요새는 제반 사정으로 관리가 여의치 않아 황폐해질 대로 황폐해졌습니다만."

"그렇습니까. 대단하신데요. 산을 갖고 계시다니, 저도 한번 그런 말을 해보고 싶군요."

다몬이 감탄하자 남자는 살짝 웃었다.

"이 일대는 산기슭에 촌락이 모여 있죠. 산을 따라 계절풍이 불기 때문에, 바람이 지나는 길을 고려해 바람의 방향과 가옥이 평행이 되도록 집을 지었거든요. 정면으로 바람을 맞았다가는 집이 금세 상할 테니까요."

남자는 산을 가리키며 바람이 부는 방향으로 손을 들어 보였다.

"그렇군요."

산 소리. 다몬은 조금 전 몸을 감쌌던 것을 떠올렸다.

문득 어디서 재즈 피아노곡이 들렸다.

다몬이 광으로 눈길을 돌리자, 남자는 바로 그것을 알아차리고 "오, 귀가 좋으시구먼" 하며 웃었다.

"혹시 광을 오디오룸으로 쓰십니까?"

다몬이 광을 올려다보며 묻자 남자는 가볍게 고개를 끄덕였다.

"네. 이래봬도 소리엔 까다로워서 말이죠."

"제 주위에도 광을 스튜디오로 쓰는 친구가 있죠."

"저런. 음악 관계자이십니까?"

"친구가 음반사에서 일해서요."

다몬은 적당히 대답했다.

"그렇습니까. 어때요, 한번 보시겠습니까?"

오디오 마니아는 남들에게 기기를 자랑하고 싶은 법이다. 보아하니 남자도 그중 한 사람인 듯, 신이 나서 광으로 다가가 문을 열었다.

광 내부는 현대적으로 개조되어 있었다. 골동품 조명 기구가 상당한 비용을 쏟아부었을 것으로 짐작되는 오디오 세트를 부드럽게 비추었다.

"어이쿠, 이건 대단한데요."

다몬은 남자의 설명을 들으면서도 데스크톱 컴퓨터가 놓여 있는 것을 놓치지 않았다. 전화선도 연결된 것 같다. 여기서 작곡을 하고 데이터를 읽는다고 봐도 될 것이다.

광 구석에 낡은 기타가 세워져 있었다.

"기타도 치십니까?"

은근슬쩍 묻자 남자는 "아아" 하고 중얼거렸다.

그리고 잠시 입을 다물더니 다른 데로 눈길을 돌렸다.

"저건 딸아이 겁니다."

"뻔하네. 그 남자 딸이 세이렌이야."

"뭐, 우리도 그렇게 생각했단 말이지. 누구든 그럴 거야."

"뭐야, 아냐?"

미카가 어리둥절해서 두 사람을 번갈아 보았다.

"그게 글쎄, 이야기가 이상해졌지 뭐야. 고즈 씨, 아, 이게 그 사람 이름인데, 아무튼 기타 임자인 고즈 씨 작은 따님은 벌써 오 년 전에 행방불명됐다는 거야."

"뭐?"

"그래. 수색원도 냈는데 정보가 전혀 없다더군."

로버트도 고개를 끄덕였다.

"그럼 그 곡은 뭐야?"

미카는 MD가 든 다몬의 가슴주머니를 가리켰다.

"누가 왜 이제 와서 그 곡을 튼단 말이야? 고즈 씨는 그 곡이 올해 방송을 탔다는 걸 알아?"

"초면인 데다 정원에 끌려서 찾아온 사람이 느닷없이 그런 걸 물을 순 없잖아. 세이렌을 찾는다는 말도 안 했어."

"하긴 그렇네."

"역시 안부를 전하는 거야. 딸이 아버지한테 보내는 메시지라고."

로버트가 의기양양하게 말했다.

"가능성은 이것저것 생각해볼 수 있지. 내일 한 번 더 물어보자고."

"내일? 내일 한 번 더라니?"

미카가 의아한 표정을 지었다.

다몬은 담배를 꺼내 테이블 위에 툭 던졌다.

"우리, 내일 오후에 고즈 씨 집에서 열릴 살롱 콘서트에 초대받았거든. 아, 물론 미카도 같이 갈 수 있게 부탁해놨어."

"뭐? 나도?"

"매력적인 콘텐츠를 찾고 있잖아?"

다몬은 진담인지 농담인지 알 수 없는 표정으로 대꾸했다.

이튿날 전철 안에서 미카는 프린트한 기사를 꺼냈다.

"그 댁 따님은 결혼한 지 얼마 안 돼서 없어진 모양이야."

"어? 이게 뭐야? 미카, 조사한 거야?"

"신문사에 있는 친구한테 물어봤어."

미카는 매스컴 쪽에 아는 사람이 많다. 양갓집 아가씨의 기동력은 얕잡아볼 게 아니다. 어제는 밤늦게까지 술 마셨으면서.

가운데 앉은 미카가 든 종이를 다몬과 로버트가 양옆에서 들여다보았다.

"고즈 아사코, 당시 이십오 세. 오 년 전 2월에 친구랑 식사 약속이 있다고 나갔다가 안 돌아왔어. 만나기로 한 친구가 누구인지는 결국 밝혀지지 않았지만, 달력엔 아사코 씨 글씨로 분명히 약속이 표시돼 있었어. 목격자 없음, 단서 없음. 이것뿐이면 단순 가출로 판단돼 신문에 실리지도 않았을 텐데, 가족 측에서 남편한테 살해됐을지 모른다고 소란을 피우는 바람에 세간에 알려졌나 봐."

"남편한테?"

"응. 남편은 당시 서른일곱 살이던 자칭 현대 아티스트. 자칭 예술가들 중에 흔한 수상쩍은 인간이라 영어회화 학원에서 일하는 아사코 씨한테 빌붙어 사는 상황이었나 봐. 당연히 고즈 가에선 달갑게 여기지 않아서 결혼식도 올리지 못했다나."

"그 사람은 지금 어떻게 됐고?"

"원래부터 방랑벽이 있어서 집을 자주 비웠다는데 지금은 그 사람도 완전히 행방불명 상태래. 아사코 씨가 없어지고 나서 한동안은 개인적으로 수색대도 조직하고, 고즈 가에 의해 아사코 씨의 살인범으로 몰렸을 때는 철저히 항전할 태세를 보였던 모양인데, 이 년쯤 됐을 때 여행을 떠난다 하고는 없어졌나 봐. 세 살던 아파트는 아사코 씨 명의였기 때문에 결국 고즈 가 쪽에서 짐을 처분

하고 집을 비워줬고."

"흠. 그럼 아무것도 모르는 거군. 둘 다 사라져버렸단 말인가."

"응. 그 이래로 소식도 전혀 없고."

"고즈 가에선 어째서 그 사람이 아사코 씨를 죽였다고 생각했지?"

로버트가 물었다.

"간단히 말하면 앙갚음. 집을 보면 알겠지만 고즈 가는 오래된 가문에 자산가 집안이고, 아버지는 지역 명사인 데다 예술 방면으로도 밝단 말이지. 남편 입장에선 후원이며 소개를 기대했겠지만 처가에선 자기를 싫어하고 모욕하기만 하거든. 그에 대한 울분이랑 불만이 아사코 씨한테 향한 게 아닐까 하는 이야기야."

"혼인신고는 했나?"

"안 했다는 것 같아."

"어째 전부 어정쩡하군."

사라진 딸. 사라진 남편. 오 년이라는 세월. 세이렌의 목소리. 단 두 번 방송된 노래.

다몬은 멍하니 생각했다.

차창 밖에는 약간 흐린 하늘 아래 전원이 펼쳐져 있다. 추수가 끝나 썰렁한 네모꼴의 모자이크가 이어진다. 이따금 비쳐드는 생기 없는 초겨울 햇빛이 모자이크 위를 훑고 간다.

"다몬은 어떻게 하고 싶은 거야? 세이렌의 정체를 밝혀내고 싶은 거야?"

기사를 접어넣은 다음 미카가 다몬을 흘깃 보며 물었다.
"글쎄. 잘 모르겠는걸."
여느 때처럼 다몬의 대답은 불분명하다.
"그렇지만 '산 소리'가 뭔지 알고 싶은 것 같긴 해."
"'산 소리'랑 세이렌은 달라?"
"으음."
다몬이 생각하고 있자니 로버트가 입을 열었다.
"만약 세이렌이 아사코 씨라면 아사코 씨 목소리를 아는 사람은 많지 않을까. 그게 아사코 씨 목소리라고 지적한 사람이 지금까지 아무도 없었나?"
"그런 이야기는 없었던 모양이던데."
"나도 못 들었어."
미카와 다몬은 고개를 가로저었다.
아니, 아니면 그 디제이는 그것을 암시한 걸까.
그 가능성을 깨닫고 다몬은 경악했다.
제 입으로는 지역 명사의 딸이 세이렌이라고 말할 수 없었는지도 모른다. 혹시 그는 그 사실을 다몬에게 알리고 싶었던 게 아닐까.
어쩌면 이곳 사람들은 세이렌이 고즈 아사코라는 걸 깨닫고 그걸 확인하고 싶어서 두번째 방송을 희망한 건지도 모른다. 그렇다면 대체 아사코는…… 그 목소리를 들으면 죽는다는 소문은…….
열차가 덜컹 하고 크게 흔들리더니 속도를 줄이기 시작했다.

"아, 이번 역이야."

창밖을 보며 미카가 일어섰다.

부드러운 햇살 아래 현악 사중주가 차분히 흐른다.

야외에서 음악을 들으면 소리가 실체를 지닌 물질임을 새삼 실감하게 된다.

첼로 소리가 포석 위를 기어가고, 바이올린 두 대의 선율이 거미처럼 공중에 실을 잣는다. 비올라 음률은 레이스의 잔물결이다.

광과 본채 앞 포석을 깐 곳에 테이블과 의자를 내다놓고 평온한 분위기 속에 연주를 즐기는 사람들이 보였다. 다들 이런 자리에 익숙한지 편한 옷차림으로 긴장을 풀고 다과를 음미하고 있다.

멀리서 찾아오는 불특정 다수의 손님에도 익숙한 듯 다몬과 로버트, 미카를 따뜻하게 맞아주어 세 사람도 다른 손님들과 쉽게 어울릴 수 있었다.

호스트인 고즈 료스케는 어느 누구보다 편안해 보이면서도 자리의 중심에서 기품 있는 분위기를 완벽하게 통제하고 있었다.

"대단한걸. 훌륭한 살롱이잖아. 이렇게 이해관계가 없는 우아한 파티는 오랜만이야."

미카가 웨이터에게서 화이트 와인 잔을 받아들며 중얼거렸다.

"정말 그렇네. 저택이랑 정원의 조화가 근사해."

로버트와 미카가 정원을 구경하는 사이에 다몬은 손님들 사이를 어슬렁어슬렁 회유했다. 어디에 있어도 방해가 되지 않고 공기처럼 어우러지는 게 다몬의 특성이다.

위풍당당한 본채 입구에도 흰 금줄이 장식되어 있었다.

인간의 마음이 표출되는 형태란 참 신기하다. 어떤 세월과 단계를 거쳐 이런 형태를 갖게 됐을까.

"어때요, 즐기고 계십니까?"

자기를 향한 목소리에 돌아보자, 술잔을 든 고즈 료스케가 웃는 얼굴로 서 있었다.

기척을 감추는 재주가 있다.

"네. 친구들도 좋아하는데요. 초대해주셔서 감사합니다. 어째 아주 편한 마음으로 즐기고 있습니다."

"그거 다행이군요."

"이건 이 인근 풍습인가보죠? 처음 보는데요."

다몬이 금줄로 시선을 돌리자, 료스케는 "네" 하며 고개를 끄덕였다.

"유래는 다양합니다만, 저희 집안 금줄은 특수하답니다. 죽은 이가 산에서 집으로 들어오는 걸 여기서 막는 거죠."

다몬은 몸이 싸늘해졌다.

"산에서 죽은 이가 온다고요?"

"네. 저희 집안에선 죽은 이는 산에 있다고 믿거든요."

료스케는 웃는 표정 그대로 뒷산에 눈길을 주었다.

"법률이며 규제가 까다로워진 탓에 지금이야 절에 묘를 씁니다만, 원래 저희 집안에선 산 그 자체가 죽은 이가 잠자는 세계입니다. 그래서 저희 집안사람들은 선조 대대로 묘석을 만들지 않고 산에 매장했죠."

갑자기 산의 색이 달라 보였다. 다몬은 눈을 깜박였지만 일단 변한 것은 원래대로 돌아오지 않았다.

그래, 수백 년째 산에 묻혀 있는 죽은 이의 유골 색으로 변한 것이라면.

"오래된 집안엔 이런저런 관례가 있어서 말이죠."

료스케는 한가롭게 걷기 시작했다. 다몬이 따라오건 말건 상관없다는 태도였지만, 그 뒷이야기가 궁금한 다몬은 당연히 뒤를 따랐다.

"당주는 한 달에 한 번 산에 참배를 드립니다. 선대의 영혼에 인사를 드리러 가는 겁니다. 그저 정해진 길을 혼자 천천히 걷는 것뿐입니다만. 대가 바뀌고 처음 산에 참배를 드릴 때, 산이 그 사람을 다음 당주로 인정하는지 아닌지 알 수 있답니다."

"어떻게 말씀이죠?"

"산이 울려요."

료스케는 빙긋 웃었다.

다몬은 서서히 긴장되었다. 료스케의 미소는 우아하고 지적이고 빈틈이라고는 없다. 감정을 완벽하게 감추고, 누구에게도 파고들 기회를 주지 않는다.

"인정하지 않으면 어떻게 됩니까?"

다몬은 저도 모르게 물었다.

"침묵. 죽음 같은 침묵이 흐릅니다. 자기 발소리하고 숨소리만 들리죠. 산에 들어갔다가 나올 때까지 부스럭 소리 하나 들리지 않습니다. 인정받지 못한 당주가 첫 참배에서 돌아오는 길에 목을 맨 적도 있습니다."

무서운 이야기는 이런 식으로 하는 것이다.

다몬은 그런 생각이 들었다. 무서운 이야기는 이런 식으로 우아하게, 부드러운 목소리로 해야 한다.

"고즈 씨는요?"

입안이 바싹 말랐지만 다몬은 묻지 않을 수 없었다.

료스케는 빙긋 웃더니 웨이터에게서 화이트 와인 두 잔을 받아 들어 다몬에게 한 잔 건넸다.

"울렸죠. 폭풍이 휘몰아치는 소리가 나더군요."

"그러시겠죠."

"일단 당주로 인정받으면 이야기를 할 수 있게 됩니다."

료스케는 걸어가며 거침없이 이야기를 계속했다.

"이야기요? 누구하고 말입니까?"

"그야 물론 산이죠."

옆에서 봐도 료스케는 온화하게 웃는 표정이다.

"무슨 일이 있으면 산이 가르쳐줍니다. 중요한 일, 위험한 일, 주의해야 할 일. 산은 뭐든 다 보고 있고 뭐든 다 알고 있어요."

료스케는 천천히 다몬을 돌아보았다.

"당신이 왔을 때도 울리지 않았습니까. 당신도 알아차렸죠?"

"네?"
"당신, 그 목소리를 듣고 여기 온 거죠?"

발밑으로 바람이 지나간 것만 같았다.
차가운 바람. 첼로 음색과는 다른, 멀리서 내려온 바람.
다몬은 무심코 뒷산을 돌아보았다. 바람이 그곳에서 온 것처럼 느껴졌다.
"당신, 귀가 아주 좋군요. 음악업계에서 일하죠?"
료스케는 여전히 서글서글하게 말했다.
"다카세 군한테 들었습니다. 내 예전 제자라 말입니다."
다카세. 디제이. 그가 내통자였나.
다몬은 료스케를 바라보았다. 료스케의 눈은 차분했고, 비난하는 눈치는 없었다. 표정에 야유도 깃들어 있지 않았다.
"당신이 어떤 사람인지 먼저 보고 어떻게 대응할지 생각할 작정이었습니다. 무시한다든지, 처리한다든지 말이죠. 그렇지만 당신을 보고 생각이 바뀌었어요. 당신, 재미있는 사람이군요. 결코 그 목소리에 깃든 '죽음'에 이끌려 온 게 아니란 말이죠. 그러니 당신한테는 사실을 말해줄까 하는데 어떻습니까?"
살롱 콘서트에 초대할 때처럼 주저 없는 말투로 그런 말을 하는 바람에 다몬은 아연했다.
료스케는 담소 중인 로버트와 미카에게 시선을 돌렸다.

"친구분들도 함께 들으시겠습니까? 두 분도 사정을 알 테죠? 아주 총명해 보이는 친구분들이군요. 저 아가씨는 어디서 본 듯한데, 아버님이 유명한 외교관 아니셨던가요?"

다몬은 오싹했다. 고즈의 인맥은 보통이 아니다.

"아뇨, 혼자 듣겠습니다."

대답하는 중에도 후회할 거라는 목소리가 어디선가 들려오는 것만 같았다. 조금 전 그가 뭐라고 말했지? 무시한다든지, 처리한다든지. 처리, 처리라니?

료스케가 쿡 하고 웃었다.

"훌륭한 마음 자세로군요. 친구는 소중히 해야죠. 자, 이쪽으로 오십시오. 이 기회에 내 자랑거리인 오디오룸에서 이야기합시다."

다몬은 맥없이 걷기 시작했다.

환한 오후의 살롱 콘서트. 매끄러운 바이올린 선율. 왁자하게 웃는 손님들. 그러나 그 모든 것이 아득하고 일그러진 것처럼 느껴졌다.

"아사코는 감수성이 강한 아이여서 말입니다. 곧잘 산 소리가 무섭다면서 부모가 자는 방으로 울며 찾아왔죠. 다다미방 장지에 비치는 나무 그림자가 무섭다고 울더군요."

그리움을 불러일으키는 주황색 빛이 광 안을 비추었다.

다몬은 료스케가 권하는 대로 소파에 앉았으나 어쩐 꿈을 꾸는 것만 같고 현실감이 없었다. 어느새 로버트나 미카로부터 멀리 떨어진 곳으로 와버린 기분이었다.

문을 닫으니 외부로부터 완전히 차단되면서 무기질적인 정적이 흘렀다. 일하러 온 듯한 기분이 들었다.
"당신이 들은 건 별로 좋은 버전이 아닙니다. 오리지널을 들려드리죠."
료스케는 신나서 오디오 전원을 켜고 조작하기 시작했다.
기타 솔로. 이미 여러 번 들은 〈산 소리〉의 도입부다. 방음이 잘되는 방 안에서 돈 들인 스피커로 듣는 기타는 한없이 원음에 가까웠다.
그 목소리가 흘러나왔다. 속삭이는 듯한 목소리. 조용한 숨결.

잠이 안 와 오늘밤도 잠이 안 와
그 소리가 들리니까
밤의 밑바닥 졸졸 소리 나뭇가지 스치는 바람
그리고 그 소리가 들려와

"이건."
다몬은 엉겁결에 몸을 똑바로 세우고 료스케를 돌아보았다.
료스케는 말없이 고개를 끄덕였다.
"그래요, 당신이라면 알겠죠. 오리지널을 들으면 대번에 알 수 있습니다. 이건 아사코가 노래한 게 아닙니다. 아사코의 목소리를 짜깁기해서 인공적으로 합성한 샘플링 노래입니다."
"어쩐지요."

그 매끄럽지 못한 느낌은 합성했기 때문이었다. 이렇게 들으니 소절마다 음정이 제각각이라, 처음부터 이어서 듣다보면 그 불안정함, 어색함이 점점 기분 나쁘게 느껴진다. 여러 번 들으면 그 기이함이 더할 것이다.

이 목소리를 듣고 죽었다는 사람들은 이 기이함에 반응한 게 아닐까.

"시간이 꽤 걸렸어요. 아사코 목소리를 녹음한 테이프는 많이 남아 있었지만, 이만한 길이의 곡으로 합성하는 데 꽤나 긴 시간이 걸렸습니다."

료스케가 곱씹듯 말했다.

"따님은 아직 못 찾으셨죠?"

다몬이 묻자 료스케는 천천히 고개를 가로저었다.

"이제 영원히 찾지 못할 테죠."

"역시 남편분이 죽였다고 생각하십니까?"

료스케는 기묘한 눈으로 다몬을 보았다.

부자연스러운 침묵.

"그날 아사코는 여기 왔습니다."

"네?"

"나하고 만나기로 약속했던 거예요. 그애는 생활이 어려웠던 데다 그 사이비 예술가가 성질을 부리고 있었습니다. 아사코는 경제적 원조를, 사이비 예술가에 대한 지원을 부탁하러 날 찾아왔습니다. 물론 난 거절했죠. 가짜는 딱 질색이거든. 그게 최후통첩이었습니다."

어색한 목소리가 계속해서 흐른다. 보아하니 이 오리지널 테이프는 똑같은 곡을 반복해서 녹음한 모양이다.

잠이 안 와 난 잠이 안 와
오늘밤도 그 소리가 들려

"그애는 의기소침해서 돌아갔습니다. 그렇지만 집으로 가진 않았어요."
"어디로 갔는지 아십니까?"
"네. 그애는 산에 간 겁니다."
"산에요?"
"그래요. 그렇게 무서워했으면서. 산 소리가 무섭다고 우리 방으로 왔던 그애가 죽은 이의 산에 간 겁니다."
료스케의 목소리에서 점점 억양이 없어졌다.
혼잣말 같은 그 목소리에, 다몬은 묻지 않을 수 없었다.
"뒷산 말씀이시군요?"
"다음번 참배 때 내가 발견했어요."
"따님을……."
"과거에 산에게 인정받지 못한 당주가 목을 맸다던 은행나무에 매달려 있더군요."
"따님이……."

"산이 울렸습니다. 난 딸아이를 산에 묻었습니다. 그 녀석이 죽인 겁니다. 그 가짜가."

"그래서 그 사람을 비난하셨군요."

"그래요. 그 가짜가 딸아이를 그 지경으로 몰아넣은 겁니다. 그 녀석이 진짜였으면 일이 이렇게 되진 않았을 텐데. 그날부터 난 녹음테이프를 만들기 시작했습니다. 딸아이가 불렀던 그 노래를. 딸아이가 산에서 지금도 부르고 있을 그 노래를. 오랜 시간이 걸렸습니다. 어느새 그 녀석도 어디론가 사라졌습니다. 딸아이를 죽인 그 인간이."

"왜 FM으로 내보내신 겁니까?"

"그 녀석을 찾기 위해서입니다."

고개를 숙이고 있던 료스케는 그 순간만 얼굴을 들고 히죽 웃었다.

잠이 안 와 오늘밤도 잠이 안 와
그 소리가 들리니까

"그 녀석이 이 근방에 있다면 반드시 반응을 보일 거라고 생각했던 거죠. 아니나 다를까 녀석은 딸아이 목소리를 듣고는 살아 있는 건가, 돌아온 건가 싶어 이리로 왔습니다. 여전히 불만만 많아 가지곤 웬 여자네 집에 얹혀살고 있는 모양이더군요."

"여기 왔습니까?"

"그래요."
"무슨 일이 있었던 겁니까?"

흙 금침에 묻혀 있던 아득한 메아리
그리고 그 소리가 내 방 창문을 흔드니까

"아무 일도 없었어요."
료스케는 토라진 듯한 목소리로 말했다.
"그 녀석한테 이 방에서 이 테이프를 들려줬습니다. 그랬더니 별안간 발악을 하지 뭡니까. 비명을 지르면서 갑자기 낯빛이 달라져선 뛰쳐나가더군요. 그러더니 그 녀석도."
료스케는 먼 곳을 바라보았다.
"뒷산으로 달려가버렸습니다."
다몬도 료스케의 시선이 향한 곳을 보았지만 두꺼운 벽이 있을 뿐이었다.
"산이 울렸습니다. 그다음은 모릅니다."
머릿속에 그림이 떠올랐다. 비명을 지르며, 공포에 굳은 얼굴로, 패닉에 빠져 산속을 달려가는 남자. 발을 헛디디는 바람에 벼랑에서 떨어지는 남자. 무참한 모습으로 송장이 된 그를 내려다보는 료스케. 그 남자를 묵묵히 산에 매장하는 료스케.

밤의 밑바닥 졸졸 소리 나뭇가지 스치는 바람

그리고 그 소리가 들려와

"목적은 달성한 겁니다."

료스케는 메마른 목소리로 돌아와 중얼거렸다.

"그러나 어째선지 이 노래엔 기묘한 힘이 있었습니다. 이 노래에 이끌려 몇몇 사람이 여기를 찾아온 겁니다. 고즈 아사코의 목소리인 듯하다는 소문을 듣고 그애를 찾아왔습니다."

"전혀 낯모르는 타인이 말씀입니까?"

"네. 학생에, 샐러리맨. 죄다 남자들이었죠. 그들은 죽음에 매료돼 있었습니다. 아사코 목소리 속의 '죽음'에 끌려 이리로 온 겁니다."

"죽음에."

료스케는 느릿느릿 일어섰다.

벽 앞의 장을 열자 약병이 잘 정돈되어 있었다.

"산은 죽은 이의 세계. 우리는 산으로부터 은혜를 받으며 살아왔습니다. 산은 생약의 보고죠. 조상의 지혜가 민간요법으로 면면히 전해져옵니다. 채마밭을 보셨죠?"

병에는 건조된 식물인 듯한 게 들어 있었다.

"자연계에 존재하는 것이라 검사를 해도 죄 쉬이 발견되지 않는 것들뿐입니다. 한없이 자연사에 가깝게 보일지도 모르죠."

료스케는 민망해하는 눈빛으로 다몬을 보았다.

다몬은 경악했다.

"고즈 씨, 설마."

료스케는 조용히 미소를 지었다.

독. 차에 탔던 남자, 조깅 중이었던 남자, 재수생. 그들은 세이렌의 목소리 속이 아니라 그 목소리 너머에 있는 '죽음'을 희구한 것이었다.

"왜 저한테 이런 말씀을 하시는 겁니까?"

다몬은 쉰 목소리로 말했다.

"고즈 씨는 아까 이렇게 말씀하셨죠. 무시할지, 처리할지. 이런 이야기를 들려주고 절 처리하실 생각입니까?"

온몸이 딱딱하게 경직되어 있었다.

료스케가 웃음을 터뜨렸다.

"설마요! 내가 이런 말도 하지 않았던가요. 당신을 보고 생각이 바뀌었다고."

"네?"

"난 그저 누구한테 이야기하고 싶었을 뿐입니다. 임금님 귀는 당나귀 귀. 그 심경을 잘 알겠더군요."

료스케는 천천히 오디오로 다가가더니 음악을 껐다.

방 안은 냉담한 정적에 싸였다.

"당신은 세간에 속하지 않습니다. 어디에도 속하지 않아요. 내 실없는 이야기, 증거가 전혀 없는 헛소리를 듣고 다른 사람한테 떠벌리고 하지 않을 테죠."

아닌 게 아니라 증거는 없다. 시체가 없는 죽음은 죽음으로 인정되지 않는다. 입증하기가 가장 어렵고 가장 어정쩡한 죽음이다.

"당신은 언제나 과객. 지나가기만 하는 사람. 스스로도 잘 알면서 그러십니까."

료스케는 얼핏 비난 어린 시선을 다몬에게 던졌다.

다몬은 그를 멍하니 보았다.

"또 누가 찾아오면 어쩌실 겁니까? 그 목소리에 매료된 누가 여기로 찾아오면?"

그 목소리 너머의 죽음에 끌린 누군가. 그 목소리가 잠든 뒷산으로 찾아온 누군가.

"글쎄요. 그건 그때 가서 생각해볼까요."

료스케는 불을 끄고 묵직한 문을 열었다.

현악 사중주가 흐르고 있다.

환한 오후는 계속되고 있었다.

"다몬! 거기 있었구나."

미카가 두 사람을 발견하고 손을 크게 흔들었다.

료스케는 웃는 얼굴로 마주 손을 흔들었다.

미카와 로버트가 다가왔다. 료스케는 웨이터에게 신호를 보내 와인을 갖고 오게 한 다음, 세 사람의 잔에 따랐다.

"안 보여서 찾고 있었어."

로버트가 안도한 표정으로 다몬을 보았다.

다몬은 애매하게 웃었다.

로버트는 뭔가 묻고 싶은 얼굴이었으나, 료스케가 "우리 정원을 위해"라며 건배를 독촉했으므로 애써 웃음을 지으며 잔을 맞부딪쳤다.

저녁 바람이 불어왔다.

"시간이 꽤 됐군요. 해가 지면 안에서 안주를 낼 겁니다. 오늘은 멋진 손님이 와주셔서 어쩐지 기분이 아주 좋은데요."

료스케가 눈을 가늘게 뜨고 말했다.

돌연히 찬 바람이 휙 불어와 미카가 "꺅" 하고 비명을 지르며 목에 맨 스카프를 붙들었다.

다몬은 공기가 묵직하게 흔들린 것 같아 뒷산을 올려다보았다.

나무들이 흔들리고 있었다.

반사적으로 료스케를 보자, 그는 씩 웃으며 술잔을 들어 보였다.

산 소리를, 아사코의 목소리를 들은 듯한 기분이 들었다.

 잠이 안 와 지금도 난 잠이 안 와
 그리고 오늘밤도 그 소리가 들려

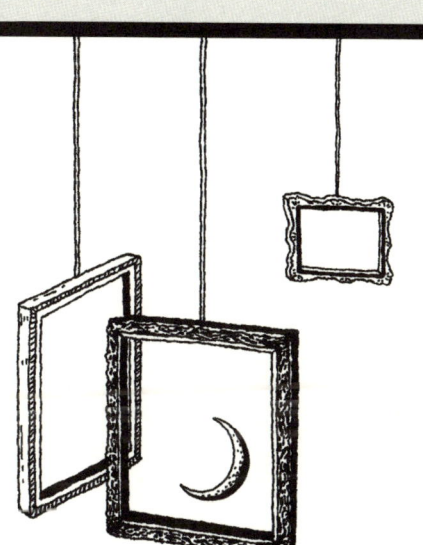

환영 幻影
시네마

그러고 보니 처음부터 그 친구는 내켜하지 않았지.
비탈진 골목 중간에서 다몬은 그런 생각을 하고 있었다.
뚜렷한 확신이 들었던 것은 아니다.
그러나 조금 전 무심코 돌아보았을 때 눈에 들어온 다모쓰의 꾸미지 않은 진짜 표정이 마음에 걸렸다.
이유가 뭘까.

활짝 갠 하늘의 태양이 초봄의 거리 구석구석을 비추고 있었다.
이십대 후반의 남자 셋과 사십대 중반의 남자 둘. 모두 캐주얼한 청바지 차림이다. 봄방학을 눈앞에 둔 평일 지방 도시에서 찾아보기 힘든 조합의 멤버들이다.

그것도 줄줄이 걷다가 연신 여기저기를 가리키며 이러쿵저러쿵 저희끼리 뭐라고 한다. 관광객치고는 묘하게 열심이다.

사실 그들은 뮤직비디오 촬영할 곳을 물색하는 중이었다.

H현 O시. 세토 내해에 면한 그곳은 기후가 온난한 명승지다. 세계적 거장이라 일컬어지는 영화감독이 이곳을 무대로 대표작을 찍었고 최근 몇 년 사이에도 이곳을 무대로 즐겨 영화를 찍는 감독이 있는 등, 예로부터 영화 촬영지로 유명한 곳이다.

이십대 후반 남자 셋은 H현 국립대학교 동아리에서 밴드 활동을 시작해 인디밴드로 활동하다가 이번에 프로로 데뷔하게 되었다. 말하자면 귀성 중인 셈이다. 그중에서도 베이스를 담당하는 스기하라 다모쓰는 바로 여기 O시 출신이었다.

오후 일찍 O시에 도착한 그들은, 오늘은 일단 장소를 물색한 뒤 예비 일정을 포함해 사흘가량 촬영할 계획이었다.

그런데 오랜만에 고향에 내려온 것일 스기하라 다모쓰의 안색이 어째 밝지 않았다.

아닌 게 아니라 고향이라는 곳은 원래 우울한 부분도 있으려니와, 같이 일하는 사람들을 데려오려니 좀 쑥스럽기도 할 것이다.

그러나 다모쓰의 표정은 어딘지 모르게 이상했다. 도착한 뒤로 말도 거의 않을뿐더러, 무거운 발걸음으로 다른 사람들을 뒤따르는 모습이 어쩐지 숨는 듯한 인상을 주었다.

다몬은 아까부터 줄곧 머릿속으로 그 표정을 설명할 말을 찾고 있었다.

본 순간 가슴에 이물이 걸린 듯한 기분이 들었던 그 표정. 그건 대체.

골목이 가파른 계단이다보니 자연히 한 줄로 걷게 되었다. 도시 아키와 마사토가 앞장서고, 그 뒤를 카메라맨과 다몬이 잇고, 맨 뒤에 다모쓰가 걸었다.

"좋은데. 어디를 잘라도 그림이 사는군. 그 많은 영화감독이 찍었을 만해."

곁에서 카메라맨 사카이가 들뜬 목소리로 말했다. 옅게 색을 넣은 안경 렌즈 너머로도 눈이 반짝이는 것을 알 수 있었다.

애니메이션과 실사를 조합시킬 예정이라 실사 부분은 다큐멘터리풍으로 자연스럽게 찍을 생각이다. 그래서 촬영도 간단하게 카메라맨 혼자서 하기로 했다.

보아하니 사카이의 머릿속에서는 벌써 이미지가 착착 잡혀가는 모양이다.

"사진하고 영상을 조합시키는 것도 괜찮겠는데. 사진을 가끔 슬쩍 끼워넣는 거야."

"요샌 디지털이니까 영상에서 바로 사진을 빼도 되잖아."

"응. 하지만 역시 사진은 사진으로 찍고 싶단 말이지."

다몬이 말하자 사카이가 눈을 가느스름하게 뜨며 고개를 끄덕였다. 전에도 이미 여러 번 팀을 짠 적이 있는지라 그가 뭘 하면 끝장을 보는 성격이라는 것은 알고 있다. 터프하고 성격이 까다롭지 않은 것도 고마운 점이다. 편집에 시간이 걸리는 게 난점이지만.

"정말 O시에서 찍을 겁니까? 다른 데라도 되잖아요."

스기하라 다모쓰의 주뼛거리는 듯한 목소리가 뇌리에 되살아났다.

"왜? 요새는 지방 특색을 살린 노래라든지 사투리가 인기니까 오히려 출신지 지방색을 강조하는 편이 나은데. 너희는 좋은 의미에서 복고적인 분위기도 있겠다, O시가 밴드 이미지에 딱 맞을 것 같단 말이지."

그렇게 대답한 자신의 목소리도.

음반 제작사의 한 방. 데뷔를 앞두고 급히 프로모션을 의논하는 중이었다.

O시에서 뮤직비디오를 찍자는 말을 누가 꺼냈는지는 기억나지 않는다. 홍보부 스태프였던 것 같다. 좋은 생각이라고 모두가 찬성하고 스케줄을 검토하기 시작했다. 다몬도, 다른 스태프도 다모쓰의 주저 어린 목소리를 특별히 마음에 두지 않았다. 그냥 제 고향이라고 사양하는 것이라고 생각했던 것도 같다.

그러나 다모쓰는 포기하지 않았다. 이야기가 급속도로 진행되는 것에 당황하는 듯했다.

"저희가 활동하는 오사카 라이브하우스에서 찍는 건 어떨까요? 거기라면 밤에도 쓸 수 있고 협조해줄 것 같은데요. 야외 로케 같으면 날씨 같은 것에도 영향을 받을 것 아닙니까?"

그러나 아무도 호응해주지 않았다. O시에서 찍는다는 아이디어에 모두 푹 빠져 있었으려니와, 그에 비하면 라이브하우스에서 촬영한다는 것은 너무 심심해 보였다.

"오사카나 하카타는 출신자가 워낙 많아야지."

다몬은 그렇게 말했다. 다모쓰의 제안을 부드럽게 퇴짜놓은 꼴이었다.

"다모쓰, 어때? 이 기회에 O시에 가는 거. 너, 전혀 안 갔잖아. 간 김에 가족들도 만나고 일석이조 아냐?"

기타 겸 보컬인 사코 도시아키가 느긋한 목소리로 말하자, 다모쓰는 하려던 말을 삼켰다.

눈에 보일 듯 말 듯 체념의 빛이 어렸다. 밴드 멤버가 그렇게 말하는 이상 더는 못 버티리라고 생각한 듯했다. 마지못해 저항을 단념한 기색이었다.

그때는 그의 저항에 관해 깊이 생각하지 않았다.

조금 전 그 표정을 보기 전까지는.

네버모어.

그게 밴드 이름이었다.

심플하고 느낌이 좋다고 생각했다. 기타, 베이스, 드럼이라는 구성도 심플하면서 보편적인 데다, 그들이 자아내는 굵직하면서도 아름다운 선율의 곡이 마음에 들었다. 셋 다 작곡이 가능하고, 사코 도시아키의 목소리도 약간 거칠거칠한 느낌이 곡과 잘 어울렸다. 괜히 이상하게 가공하거나 하지 않고 있는 그대로 내놓고 싶었다.

밴드 이름의 유래를 물어보면 재미있다. 그냥 막연히 붙인 것, 열심히 고민해서 지은 것, 이야기가 있는 것, 각기 다 다르다.

네버모어가 스기하라 다모쓰가 지은 이름이며 에드거 앨런 포의 시 〈까마귀〉의 한 구절에서 따왔다는 말을 들었을 때는 뜻밖이었다.

고전적인걸. 하지만 밴드 분위기와는 맞는 것도 같다. 그들에게는 어딘지 모르게 고풍스러운 구석이 있다. 포라니, 진짜 고전이다. 기억이 가물가물하기는 하지만 분명히 그런 게 있었다. 까마귀가 '네버모어' 하고 우짖지, 아마. 사랑하는 여자를 잃은 남자의 시 아니었던가?

그나저나 요즘 세상에 〈까마귀〉라니 특이하다. 문학부 학생도 챙겨보지 않을 것 같은데. 더욱이 스기하라 다모쓰는 의학부였다고 한다.

"기껏 국립대 의대를 졸업시켜놨더니 딴따라가 됐다고 부모님께서 슬퍼하시겠어."

다몬의 말에 다모쓰는 쓴웃음을 지었다.

"전 의사라는 직업하고 안 맞더라고요. 의학부에 들어갔다고 다 의사가 될 수 있는 것도 아니고 말이죠."

다모쓰는 말수는 적어도 말에 신뢰가 가는 타입이었다. 허튼 면이 없고 자기 언동을 정확히 파악하며 제어할 수 있는 사람. 그야말로 의사에 어울리는 타입 같은데.

그렇게 말하자, 다모쓰는 더욱 쓸쓸하게 웃었다. 그 웃음이 이 이상 그것에 대해 말하고 싶지 않다는 의사 표시로 보였으므로 다몬도 더는 묻지 않았다.

"저기 봐, 촬영하는데."
드러머인 다카기 마사토가 문득 큰 소리로 말하며 먼 곳을 가리켰다.
"진짜네. 영화인가?"
도시아키도 구김살 없는 환성을 질렀다.
세토 내해에 면한 O시는 산과 바다가 맞닿은 비탈의 거리다. 바닷가에 위치한 시가지와 경사면에 모여 있는 여러 절 및 신사의 대비가 특징적이다. 그리고 그 시가지와 산의 경계에 철도가 놓여 있다.
지금 그들이 있는 절과 신사가 밀집된 산 쪽에서, 철도와 평행으로 뻗은 국도에 카메라를 설치하고 그를 둘러싸고 있는 스태프들이 보였다.
"레일도 깔았어. 영화겠군."
사카이가 재빨리 발견하고 중얼거렸다.
"저쪽에 로케 버스가 있어."
"무슨 촬영이지? 혹시 아이돌은 없을까?"
"여전히 로케가 많군."

제각각 와글와글 떠들던 중에 다몬은 문득 거기에 끼지 않는 사람이 있다는 것을 깨달았다.

다모쓰다.

그러나 관심이 없는 것은 아닌 듯했다. 오히려 그는 눈을 크게 뜨고 촬영 스태프를 주시하고 있었다. 다른 사람과 다른 것은 그의 얼굴이 딱딱하게 굳어 있다는 점이었다.

그때 다몬은 똑똑히 깨달았다. 그의 눈에 서린 것이 강한 공포라는 것을.

그 이유를 물을 기회가 도무지 오지 않았다.

하루 종일 돌아다니며 디지털카메라에 이곳저곳을 잔뜩 담고 주점에서 장소와 콘셉트를 의논했다. 비즈니스호텔로 돌아온 다음에도 술자리가 이어지는 상황이라, 다모쓰와 단둘이 있거나 그의 공포에 관해 물어볼 기회는 좀처럼 찾아오지 않았다.

그러나 다모쓰의 표정을 알아차린 사람은 보아하니 다몬뿐인 듯했다. 같은 H현 출신인 밴드 멤버 둘도 신경쓰는 것 같지 않았다.

뭐, 원래 과묵한 편이기도 하고 표정이 잘 드러나지 않는 녀석이니까. 하지만 그러니까 더 알아차릴 만도 한데.

다만 O시에 있는 영화 자료관과 무슨 관계가 있을 성싶었다. 지금까지 O시에서 찍은 영화가 자료로 보존되어 있어 안에 있는 상영실에서 관람할 수 있다. 목재로 인테리어를 한 복고적인 갤러리에는 영화 스틸사진과 포스터가 다수 붙어 있어 향수를 자극한다.

다모쓰는 그곳에서 스틸사진과 O시의 영화 촬영 역사를 꼼짝 않고 바라보았다.

뚫어지게 쳐다보는 그 시선이 마음에 걸려 다몬은 저도 모르게 말을 걸었다.

"영화 좋아해?"

다모쓰는 그제야 자신이 사진을 응시하고 있다는 것을 깨달은 듯했다.

당황한 표정으로 "네, 뭐" 하며 모호하게 고개를 끄덕였다.

"영화는 엄청나게 광고가 된단 말이지."

다몬은 다모쓰 옆에 서서 중얼거렸다.

"〈로마의 휴일〉의 광고 효과는 대단했잖아? 미국은 물론 전세계의 관광객이 로마로 밀려들었으니. 로마 관광 유치에 다대한 기여를 한 셈이야. 이곳도 전세계 영화인이 영화 속 장면으로 알고 있지. 요새는 촬영지 자체가 관광 자원이 되는 모양이고."

"그러게요."

다모쓰는 관심 없다는 투로 대답했다.

"광고 효과……."

그런데 문득 그렇게 중얼거리더니 다몬을 쳐다보았다.

"한때 서블리미널 효과란 게 유명했죠."

"영화에 음료수 사진을 끼워넣으면 휴식시간에 다들 음료수를 마신다는 그거 말이지? 지금은 그 실험 자체가 정말 있었는지 아닌지 알 수 없는, 도시괴담에 가까운 이야기가 됐지만."

"하지만 효과가 없진 않죠."

"응, 있을 것 같긴 해. 그렇잖아, 원래 광고 자체가 각인 효과를 노리는 거잖아?"

"그렇죠."

주저 어린 침묵.

다몬은 다모쓰의 얼굴을 보았다. 그는 말을 할지 말지 망설이는 듯했으나, 이윽고 머뭇머뭇 입을 열었다.

"어렸을 때 본 영화에 영향받는 일이 있을까요?"

"그야 있겠지."

"아뇨, 그런 뜻이 아니라…… 그러니까 가령 영화 속 직업을 동경한다든지 자기도 배우가 되고 싶다고 생각한다든지 그런 뜻이 아니라……."

"그런 뜻이 아니면, 그럼 어떤 영향?"

"말 그대로…… 물리적인 의미로요."

"물리적?"

"그 영화를 보면 똑같은 행동을 하게 된다든지."

"엥, 글쎄, 그런 게 있으려나. 그렇게까지 영향을 줄 수 있다면 굉장할 것 같은데."

"그렇죠?"

다모쓰는 연신 고개를 끄덕였다.

"그런 일이 있을 리가 없겠죠?"

그 어조는 마치 자신을 설득하는 것처럼 들렸다.

이튿날 아침은 날이 조금 흐리고 선득했다.

밤늦게까지 술자리를 하고도 카메라맨은 아침 일찍 혼자 촬영하러 나갔다. 아무도 없는 거리도 찍고 또 어제 봐놓은 곳에 가서 한 번 더 구상해보고 싶다고 해서 다몬은 따라가지 않았다.

오전 중에는 아무 일정도 없다고 어젯밤 미리 말해둔 터라 밴드 멤버들은 아직 자는 것 같았는데, 다몬이 식당에서 아침을 먹고 있으려니 스기하라 다모쓰가 내려와서 맞은편에 앉았다.

"안녕히 주무셨어요?"

"더 자도 되는데. 나머지 두 사람은 잘 거 아냐?"

"쿨쿨 자고 있어요. 어제 잠은 뭔 잠이냐고 과음했나봐요."

"다모쓰는 술이 센걸. 말짱하잖아."

"세다고 해야 하나, 전 도통 취하질 않더라고요. 마시면 마실수록 되레 술이 깨네요."

두 사람은 묵묵히 아침을 먹었다.

"저, 잠깐 집에 갔다와도 될까요?"

커피를 마시는데 다모쓰가 주저하며 말을 꺼냈다.

다몬은 크게 고개를 끄덕였다.

"그럼, 얼마든지 다녀와. 간 지 오래됐다지? 점심때까지만 돌아오면 되니까 다녀오라고."

기꺼이 승낙하자, 다모쓰는 "감사합니다" 하고는 얼핏 탐색하는 듯한 눈길을 던졌다.

"다몬 씨는 오전 중에 뭘 하실 건데요?"
"뭐, 이것저것 잡무를 처리할까 하는데."
"혹시 같이 안 가시겠어요?"
"어? 그래도 되는 거야? 딴따라 업계로 끌어들였다고 집에서 날 원망하실 것 같은데."
"안 그래요."
다모쓰는 머뭇거렸다.
"실은 반대로 너무 오랜만이라서 혼자 가기 껄끄럽거든요."
"아, 그래, 그렇군. 그럼 날 이용하라고."
"죄송합니다."
다모쓰는 머리를 숙였다.

호텔에서 나오니 바람이 찼다.
"어젠 그렇게 포근하더니."
"이름만 봄이군요."
호텔은 시내가 한눈에 내려다보이는 높은 곳에 위치했다. 항구가 눈 아래 펼쳐져 있었다.
어제는 화창해서 경치가 선명하게 보이더니만, 오늘은 거리 전체가 옅은 푸른색 막으로 덮여 있었다.
"걸어서 갈 수 있는 데야?"
"네. 시간이 좀 걸리긴 하는데, 괜찮으세요? 여기서 한 이십 분가요."

"괜찮아. 그렇지만 모처럼 집에 가는 건데 시간이 아깝지 않아?"

"괜찮아요."

다모쓰는 고개를 흔들었다. 그 모습으로 보건대 본가에 가는 게 그리 즐겁지는 않은 듯했다.

포석을 깐 가파른 계단을 나란히 내려가며 다몬이 물었다.

"지금은 누가 살고 계셔?"

"부모님하고 여동생이요. 동생은 올해 취직해서 공무원이에요."

"잘됐네."

"안심했어요."

다모쓰의 가족은 아버지가 의사고 어머니가 보육사였다고 들었다. 원래는 대대로 건실한 직업을 갖는 집안일 것이다. 뮤지션은 이색적인 존재일 게 틀림없다. 다모쓰에게서 직접 들은 것은 아니지만 반대가 꽤 심했던 모양이다.

"몇 년 만에 가는 거야?"

"음, 전에 왔던 게 할머니 17주기였으니까……."

다모쓰는 머릿속으로 계산하더니 대답했다.

"한 오 년 된 것 같은데요."

"오 년? 그렇게 오랜만이야?"

"네."

다몬이 어이없어하며 묻자 다모쓰는 고개를 끄덕했다.

"뮤지션이 된 탓인가? 반대하셨지?"

"그것도 있지만 원래 집에 잘 안 갔어요. 가족들하고 별로 안 맞아서요."

그래. 그렇다면 가기 거북할 만도 하다. 그제야 그가 O시에 오기를 꺼린 이유를 조금 알 듯했다.

"그런데 이렇게 빈손으로 가도 되나?"

"괜찮아요."

다모쓰는 그렇게 말했지만 다몬은 불안해졌다. 귀한 아들이 의대를 졸업하고 뮤지션이 됐다는데, 그 가족 앞에 이렇게 행색이 수상한 중년 남자가 프로듀서입네 하고 어슬렁어슬렁 나타나도 되는 걸까. 다몬은 역시 어디서 과자라도 사들고 가자고 결심했다.

선로 밑 터널을 통과하는데 열차가 덜컹덜컹 소리를 내며 머리 위로 지나갔다.

어두운 터널에서 나오자 다모쓰가 멈칫했다.

무슨 일인가 싶어 그의 시선이 향한 곳을 보니 한 무리의 사람들이 보였다.

젊은 여자애를 둘러싸고 점퍼를 입은 어른들이 돌아다니고 있다.

어제 봤던 영화 촬영팀 같다. 준비 중인지, 스태프가 뭐라고 소리를 지르고 거울을 운반하고 한다.

다모쓰의 얼굴을 보니 역시 그 기이한 표정을 짓고 있었다.

다시금 의문이 들었다.

"왜?"

다모쓰는 흠칫 놀란 표정으로 "아뇨, 아무것도 아닙니다. 가죠" 하며 다른 곳으로 고개를 돌렸다.

"어제도 물었는데, 다모쓰는 영화 좋아해?"

다몬은 넌지시 물었다.

"좋아해요."

다모쓰가 외면한 채 대답했다. 목소리가 딱딱했다.

"그래? 그런 것치곤 스틸이라든지 촬영팀을 보는 표정이 어째 무서운데."

다모쓰가 움찔하는 것이 느껴졌다. 명백히 그에게 예민한 문제 인 듯했다.

그나저나 대체 무엇 때문에 그렇게 긴장하고 동요하는 걸까.

두 사람은 얼마 동안 침묵 속에 걸었다.

시가지로 들어서자 출근길을 서두르는 사람들이 지나쳐갔다.

다모쓰는 고개를 들지 않은 채 어쩐지 은밀하게 행동하는 것처 럼 보였다. 어제도 느꼈지만, 남에게 얼굴을 숨기려 하는 것 같다. 아는 사람을 만나고 싶지 않은 걸까.

"고향에 친구가 많이 남아 있어?"

다몬이 묻자 다모쓰는 "아뇨, 별로" 하고 대답했다.

또다시 입을 다물고 걸었다.

전국에 체인이 있는 유명한 과자점이 보여서 다몬은 "잠깐만" 하고 안으로 들어갔다. 선물을 사려 한다는 것을 알아챘는지 다모 쓰가 허둥지둥 "다몬 씨, 진짜 괜찮아요. 다몬 씨" 하며 말리는 것도 무시하고 적당한 것으로 샀다.

밖으로 나오니, 다모쓰가 화난 것인지 난처한 것인지 알 수 없는 복잡한 표정으로 기다리고 있었다.

"죄송합니다. 제가 괜히 가자고 해서 신경쓰시게 했네요."

그는 부끄러운 얼굴로 고개를 숙여 사과했다.

"괜찮아. 나도 어쨌든 사회인이고."

다몬의 말에 다모쓰는 수줍게 웃었다.

그는 겁에 질려 있다.

그 웃음을 보고 다몬은 직감으로 알았다.

그는 뭔가를 두려워하는 것이다. 집에 가는 것을? 부모와 대면하는 것을?

다몬은 그와 나란히 걸으며 생각했다.

평소에는 오히려 씩씩하고 냉정한 타입인 다모쓰가 이 정도로 겁내는 이유가 뭘까. 아무리 가족과 관계가 좋지 못하고 오 년 만에 돌아가는 것이라 해도 그렇지, 다 큰 어른이 두려워할 이유가 있을까. 녹록지 않은 세계라고는 하지만 메이저 데뷔도 결정됐으니 뮤지션으로서는 성공한 셈이다. 처음에는 반대했을지언정 가족들도 그런대로 기뻐해주지 않을까.

바다가 보이기 시작했다.

바다 냄새가 몸을 감쌌다.

해변 마을에 산다는 것은 어떤 느낌일까. 늘 바다를 느끼며 생활하는 것도 재미있을지도 모르겠다.

다몬은 실눈을 뜨고 청회색 수면을 바라보았다.
"아름다운 곳이야. 이런 데가 고향이라니 부러운걸."
"네, 좋은 곳이에요."
다모쓰의 목소리는 내용과는 정반대로 어두웠다.
"아주 좋은 곳이죠."
다모쓰는 어두운 목소리로 다시 한번 말했다.
다몬은 그의 얼굴을 보았다.
별안간 다모쓰가 절박한 표정으로 다몬을 보았다.
"역시 돌아오는 게 아니었어요."
"뭐?"
"전 여기 돌아오면 안 된다고요."
"어째서? 가족도 있겠다, 좋은 곳이겠다, 다모쓰의 고향 아냐? 왜 안 된다는 거지? 아까부터 뭘 그렇게 경계하는 거야? 아니, 어제부터 이상했어. 내내 긴장하고, 겁내는 것도 같고."
다모쓰는 걸음을 멈추더니 발치를 내려다보았다.
그 옆얼굴은 어디 아픈가 싶을 정도로 새파랗게 질려 있었다.
"영화를 찍고 있어요."
"뭐?"
너무나도 낮은 목소리로 중얼거린 탓에 다몬은 되물었다.
"방금도 영화를 찍고 있었어요. 보셨죠?"
"아, 아까 그거? 그게 대체 뭐가 어쨌단 말이지?"
다모쓰는 여전히 고개를 들지 않았다.

대답을 기다리자 이윽고 다모쓰가 나지막이 중얼거렸다.

"안 좋은 일이 일어날 겁니다."

"뭐?"

"안 믿기시겠지만 정말입니다. 분명히, 분명히 또 일어날 거예요. 지금까지도 그랬으니까."

"뭐가? 대체 무슨 소리야?"

다몬은 다모쓰가 무슨 말을 하는 건지 알 수 없어 혼란스러웠다.

"어렸을 때부터 제가 이곳에서 영화 촬영 현장을 보면……."

다모쓰는 한숨을 후 내쉬었다.

"누가 죽어요."

"뭐?"

다모쓰는 눈을 부릅뜨고 성난 얼굴로 다몬을 보더니 똑똑하게 말했다.

"언제나 제 주위 사람이 죽는다고요."

다모쓰의 어두운 눈빛, 공포 어린 목소리에 하마터면 공명할 뻔해 다몬은 저도 모르게 온몸에 소름이 돋았다.

그는 허둥지둥 손을 내저었다.

"아니, 자, 잠깐만. 느닷없이 그런 말을 하면 곤란하다고. 좀더 조리 있게, 구체적으로 이야기해주지 않겠어?"

머리 한구석에서 붉은 경고등 불빛이 깜박거렸다.

이거 또 어째 기묘한 이야기가 될 것 같은데. 일 때문에 온 건데 왜 이렇게 이상한 일에 말려들어야 하는 거지?

다몬은 문득 바다 쪽으로 눈길을 던졌다.

삽시간에 한가로운 바닷가 마을이 다르게 보였다. 필터라도 끼운 것처럼 어둠침침해지고, 상쾌했던 바닷바람에서 순간 피 냄새가 나는 듯했다.

그렇게 느끼는 것 자체가 다모쓰의 이야기에 잠식당한 증거다 싶었지만 어쩔 수 없었다. 다모쓰는 다몬에게 뭔가를 이야기하고 싶어한다. 털어놓고 싶어한다. 지금 여기서 그걸 듣지 않을 수는 없는 노릇이다.

다몬은 각오를 굳혔다.

"어디 찻집에라도 들어갈까. 아니면 바닷가?"

"바다를 보고 이야기하는 게 좋을지도 모르겠네요. 그럼 시내에서 무슨 일이 벌어지고 있는지 안 봐도 되니까요."

다모쓰는 여전히 어두운 표정으로 고개를 끄덕였다.

두 사람은 한동안 말없이 걸었다.

해안도로로 나와 방파제 안쪽을 향해, 고개를 수그린 채 나아갔다.

흐릿한 햇살이 이따금 바다를 비추어 빛 알갱이가 깜박깜박 일렁인다.

"놀라게 해드려서 죄송합니다."

다모쓰가 기어드는 목소리로 말했다.

"믿기 힘든 이야기라는 건 저도 잘 알아요. 그래서 이 이야기는 지금까지 아무한테도 한 적이 없어요. 밴드 멤버는 물론이고 가족한테도."

다몬은 영광이라고 하려다가 그만두었다. 비아냥거리는 것으로 들릴지도 모른다.

"우선 제가 어렸을 때 본 영화 이야기부터 하는 게 좋을 것 같네요."

다모쓰는 정색하고 이야기하기 시작했다.

"꽤 어렸을 때예요. 유치원에 들어가기 전이 아니었을까 싶습니다. 영화라기보다 8밀리 필름이에요. 당시에 이미 낡은 필름이었고 흰 벽에 비춰 재생했던 게 기억납니다."

8밀리 필름.

오랜만이다. 그 단어 자체에서 세피아색이 느껴진다.

그러고 보니 한동안 못 봤군.

찰칵찰칵 하는 소리, 흐릿하게 비춰지는 가족, 까불까불 쉴새없이 돌아다니는 사람들, 빛 속에 반짝이는 먼지. 옛 시절의 광경.

"다모쓰가 어렸을 때면 비디오카메라가 보급되기 시작한 다음일 것 같은데."

"네, 그러니까 분명히 옛날 필름이다 싶어요."

"할아버지 때 필름이라든지?"

"저도 그렇게 생각해서 이 필름에 관해서만은 부모님한테 물어본 적이 있거든요. '어렸을 때 개 영화 본 적 있지?' 하고."
"개 영화?"
다몬은 까닭도 없이 갑자기 오싹했다.
다모쓰는 고개를 끄덕였다.
"네. 전 내내 '개 영화'라고 불렀어요."
두 사람 다 자연히 개를 데리고 산책하는 노인에게 눈이 갔다.
"하지만 정말 개였는지⋯⋯ 아무튼 제 기억 속의 영화에선 개 몇 마리가 뛰어다니고 있어요. 그것도 빨간 개가. 어렸을 때 일이니까 왜곡된 형태로 기억하고 있는지도 모르지만, 털이 별로 없는 도사견 같은 불그스름한 색이 아니라 정말 새빨간 색이거든요."
"호오."
새빨간 강아지. 히카게 조키치 소설 중에 그런 게 있었지. 내용은 잊어버렸지만 유별나게 기분 나쁜 이야기였다는 것만은 기억난다.
다몬은 몸서리를 쳤다.
아무래도 불길한 예감이 든다. 들어선 안 되는 이야기라는.
도망치고 싶은 것을 꾹 참으며 질문했다.
"스토리가 있는 영화였어? 아니면 그냥 가족의 기록?"
"짧았던 것 같으니까 이야기가 있었을 것 같지는⋯⋯ 가족의 기록이었다 해도 그저 개가 뛰어다니는 장면만 끝도 없이 계속됐고 말이죠. 게다가 부모님은 그런 필름은 우리 집에 없다, 집에서 8밀리 필름을 상영한 적은 한 번도 없다고 딱 잘라 말하지 뭡니까."

다모쓰는 연신 고개를 갸웃거렸다.

"그럼 어디 친척집이나 친구네 집이었을까? 미취학 아동이 멀리 외출했을 것 같진 않으니까."

"네, 저도 그렇게 생각해서 친구랑 친척한테도 물어봤는데, 다들 모르겠다고 하더라고요."

다몬이 생각해낼 만한 것은 모두 이미 확인했다. 그 정도로 그가 이 기묘한 필름 때문에 고통을 받았다는 뜻이다.

"그런데 그 필름 맨 끝에 어린애가 나오거든요."

다모쓰의 목소리는 한층 어두워졌다.

"어린애? 아는 애야?"

"아뇨. 아니, 그렇다기보다 모르겠어요. 마지막에 필름 속에서 이쪽을 얼핏 쳐다보는데, 얼굴이 절반은 잘린 데다 역광이라 표정도 잘 알 수 없었어요."

"몇 살쯤 된 애인데?"

"기껏해야 유치원 다니는 정도일 것 같았어요. 그애 얼굴이 나오고 필름이 끝난 것 같아요."

이야기가 끊어졌다.

어느덧 두 사람은 목적지도 없이 그저 묵묵히 걷고 있었다.

멀리 선창에서 드드드 하는 육중한 기계음이 들려왔다.

"음, 영화를 봤을 때 상황은 기억나고?"

다몬이 물었다.

일단 질문을 계속 던져서 그의 기억을 되살리고 생각할 수 있는 모든 가능성을 검토하는 수밖에 없을 것 같다.

"아뇨. 영화를 봤다는 것밖에."

"하지만 주위에 누가 있었다든지 없었다든지, 그런 건 있을 거 아냐? 최소한 필름을 영사한 사람은 있었을 테고, 주위에 어른은 없었어?"

다모쓰는 곰곰이 생각했다.

"있었던 것 같은 한데요. 적어도 혼자는 아니었던 것 같아요. 영사하는 사람 말고 누가 또 있었던 것 같거든요. 확실한 건 아니지만."

"흠. 잠깐 앉았다 갈까."

어느새 역 앞 잔교에 다다라 있었다.

널을 깐 곳에 설치된 벤치에 앉기로 했다.

천연 조선소라고도 부를 수 있을 듯한 건너편 선창에는 기중기들이 하늘에 기하학무늬를 그리고 있었다.

"담배 피워도 될까?"

"아, 네. 저도 한 대 주세요."

둘이서 담배에 불을 붙이고 피웠다.

이렇게 정체를 알 수 없는 이야기를 할 때면 늘 담배가 있어 다행이라는 생각이 든다. 아주 약간 현실로, 아주 약간 제정신으로 돌아가게 해주는 것 같기 때문이다.

"어쨌든 기묘한 필름을 봤다는 건 알아. 그런데 그거랑 다모쓰의 주위 사람이 죽는다는 이야기는 어떻게 연결되는 거지?"

환영시네마 | 147

다몬은 앞을 향한 채로 연기를 후 내뿜었다.

"맨 처음 사건은 초등학생 때였어요."

다모쓰는 어느 영화 제목을 말했다.

시간 여행을 소재로 다룬 아이돌 주연의 청춘영화다. 상당히 히트를 쳤던 기억이 있다.

"영화 촬영을 본 게 그때가 처음이라 의미도 모른 채 다 같이 흥분했던 게 기억나요. 촬영 스태프가 엄청 많고 취재진도 와 있었고요. 카메라가 레일 위를 이동하는 게 신기해서 짬만 있으면 구경하러 갔거든요."

아닌 게 아니라 영화 촬영은 이상하게 누가 봐도 가슴이 설렌다. 환영을 만들어 영원히 보존하기 위해 수많은 사람이 움직이고, 세심한 주의를 기울이고, "액션!" 하는 호령이 떨어지면 숨죽이고 배우의 표정을 지켜본다. 허구를 위해 다 큰 어른들이 막대한 비용을 들여가며 바삐 뛰어다니는 모습은 어린애 눈에도 매력적으로 비칠 게 틀림없다.

"같은 학년 남자애가 죽은 건 촬영이 끝나기 좀전이었어요."

다모쓰의 목소리가 다몬을 되불렀다.

"사인은?"

"실족사였어요. 어제 걸어보셨으니 아시겠지만, 여기는 평지가 얼마 없거든요. 산 경사면에 집이 있고 비탈이 져 있으니 계단이 아주 많죠. 그애도 신사 참배길 계단에서 굴러떨어져 시체로 발견됐어요."

"음. 사고였군."

"네. 다 같이 장례식에 가고 그걸로 끝이었어요."

다몬은 긴장했다.

이야기가 아직 끝나지 않았다는 예감이 들었기 때문이다.

다모쓰는 무슨 고행을 하는 양 얼굴을 찡그리며 말을 이었다.

"그다음은 고등학교에 입학한 해 봄방학입니다."

출판사에서 거액의 광고비를 들여 제작한, 제2차 세계대전을 테마로 한 전쟁영화였다. 해군이 등장하는 장면을 여기 O시에서 촬영한 것이다.

"대규모 세트가 만들어져서…… 남자애는 그런 거 좋아하잖습니까. 배라든지, 전투기라든지. 역시 여러 번 보러 갔어요."

"그래서?"

"동네 할아버지가 돌아가셨습니다. 역시 촬영이 끝나기 직전이었고요. 그다음 주엔 철수한다는 말을 들은 기억이 있습니다."

"할아버지는 왜 돌아가셨고?"

"그것도 떨어졌다고 해야 할지, 넘어졌다고 해야 할지. 마당에서 나무 손질을 하다가 사다리에서 떨어진 거예요. 머리를 부딪쳐서 병원으로 실려갔지만 결국 돌아가셨죠."

다몬은 고개를 끄덕이기만 했다.

"여기까진 저도 영화 촬영하고 연결시켜 생각하지 않았습니다. 누구든 그렇지 않겠습니까? 넘어지거나 발을 헛디디는 사고는 일상적으로 일어나니까요. 하지만……."

다모쓰의 말이 빨라졌다.

"그다음은 대학 시절입니다. 입학하고 처음 고향에 내려왔을 때, 초여름이었죠."

그는 그렇게 말하더니 두 손으로 얼굴을 가렸다.

그러나 이내 마음을 다잡은 양 고개를 들고는 어느 영화 제목을 댔다.

왕년의 명작을 리메이크한 노부부의 이야기다. 몇몇 해외 영화제에서 상도 탔다.

"이때도 아무 생각 없이 촬영을 구경하고 있었어요. 친구하고 같이."

"그런데?"

다몬은 다모쓰가 동요한 것을 알아차렸으나 그래도 묻지 않을 수 없었다.

"그애가, 그 이틀 뒤에……."

다모쓰는 괴로워 보였다.

"사귀는 사이였어요."

손이 떨렸다.

"고등학교 때부터 좋아해서 사귀었는데 그애는 교토에 있는 대학에 가서, 같이 내려온 거였어요."

손이 떨렸다.

"그런데 촬영 현장을 보고 이틀 뒤에,"

다몬은 다모쓰의 떨리는 손을 살며시 눌렀다.

떨림이 좀처럼 가라앉지 않았다.

이제 알겠다. 애인의 죽음이 트라우마가 된 것이다. 소중한 사람의 죽음에 직면하면서 비로소 영화 촬영과 그 기간에 일어난 주위 사람들의 죽음이 의미를 갖게 된 셈이다. 그는 애인이 죽은 원인을 영화에서 즉, 자신에게서 찾고 싶어하는 것이다.

다몬은 마음이 약간 편해졌다.

내심 안도의 한숨을 쉬었다.

이야기를 듣기 시작했을 때 예감했던 괴이한 이야기는 아닌 모양이다.

"친구의 사인은 뭐였고?"

다모쓰의 손이 간신히 진정되었을 즈음 물었다.

"교통사고였어요."

다모쓰는 짤막하게 대답했다.

"운전자는 그애가 차 앞으로 뛰쳐나왔다고 했지만, 정확한 상황은 결국 모릅니다. 사람이 뜸한 교차로라 목격자도 없었으니까요."

두 사람은 오랫동안 침묵했다.

"……상식적인 의견을 말하자면 역시 우연이라고 생각할 수밖에 없는데."

다몬은 가급적 자연스럽게 들리도록 이야기했다.

"그렇지 않겠어? 다모쓰 말고도 O시 사람 대부분이 똑같은 촬영 현장을 봤을 거라고. 죽은 사람이 전부 다모쓰가 아는 사람이었다고 해서 왜 다모쓰하고 촬영 현장이 연결되는 거지? 다모쓰가 말한 세 명하고 아는 사이였던 사람은 그 밖에도 많을 텐데."

다몬은 두 대째 담배에 불을 붙였다.

다모쓰는 손을 깍지 낀 채 꼼짝 않고 바다를 응시했다.

"그렇죠. 그렇겠죠."

"분명히 친구의 죽음이 충격이었던 거야."

"네."

"갑작스런 죽음이 제일 오래간다고들 하잖아. 작별 인사도 할 수 없는 데다 너무나도 부조리하니까. 그렇다고 자기 탓으로 돌릴 필요는 없지 않을까."

다모쓰가 소리내어 웃었다.

다몬은 귀를 의심했다.

지금 그가 웃은 건가? 방금 그게 웃음소리였나?

"다몬 씨…… 이 이야기를 처음 한 사람이 다몬 씨라 다행이에요."

다모쓰는 우는지 웃는지 알 수 없는 표정으로 다몬을 보았다.

웃음소리가 맞았나보다.

"감사합니다. 진지하게 들어주실지 자신 없었거든요."

"그야 그렇겠지. 솔직히 나도 잠깐 당황했으니까."

이번에야말로 다모쓰는 작은 소리로 웃었다.

"하지만 말이죠, 죄송합니다, 다몬 씨."

다모쓰는 또다시 괴로운 표정을 지었다.

"실은 저, 이야기를 약간 생략한 부분이 있어요."

"어느 부분?"

다모쓰는 입을 다물었다.

바닷바람이 두 사람 사이의 침묵을 메우려 했다.

다모쓰가 숨을 후 들이마시는 것을 알 수 있었다.

"실은 죽은 세 사람한테 공통점이 있었어요."

"그래?"

다몬은 그건 생략하기에는 너무 중요한 부분이 아니냐고 따지고 싶어졌다. 기껏 '애인의 죽음으로 인한 트라우마를 과거의 사고와 결부시켰다'는 대단히 정상적이고도 납득이 가는 대답을 발견한 참인데.

"직접적인 사인하곤 상관없지만, 팔이며 다리에 베인 상처가 있었거든요."

"베인 상처?"

"네. 깊지는 않지만, 20센티미터쯤 스윽 히고 일직선으로 베인 상처. 피가 살짝 맺힐 정도로 가벼운 상처라 사인하고는 아무런 관계가 없었다더군요."

"이거 봐."

다몬은 투덜댔다.

"그럼 뭐야, 연쇄살인사건이란 뜻인가? 십수 년에 걸친? 경찰에선 뭐래?"

다모쓰는 고개를 저었다.

"아뇨, 경찰은 각각을 그냥 사고로 처리하고 끝입니다. 연쇄살인이라고 하는 사람은 아무도 없어요. 전 마침 세 사람 다 아는 사이였다보니까 그런 이야기를 가족이며 이웃 사람들한테 주워들을 기회가 있었던 거죠. 어쩌면 셋 다 그런 상처가 있었다는 걸 아는 사람은 저밖에 없는지도 몰라요."

"그렇군. 사인하고 직접 관계가 없다면 가벼운 상처쯤은 아무도 관심을 두지 않겠지. 나도 만날 상처를 내니까. 면도하다 베이고, 종이에 베이고."

그러나 20센티미터쯤 되는 상처라면 상당히 드문 게 아닐까. 일상적으로 나는 상처도 아닐 듯한데.

"요컨대 다모쓰는 그 세 사람의 죽음에서 연속성을 느낀단 뜻이군."

"네."

다모쓰는 눈을 내리깐 채 고개를 끄덕였다.

"그게 다가 아니에요."

목소리가 한층 어둡게 들렸다.

다몬은 무심코 그의 얼굴을 가까이서 들여다보았다.

"죄송해요, 다몬 씨. 저, 중요한 부분을 생략한 게 하나 더 있어요."

이거 봐.

다몬은 내심 쓴웃음을 지었다. 그러나 불안과 호기심이 앞섰으므로 뒷말을 잠자코 기다렸다.

"어렸을 때 본 8밀리 필름 이야기를 했잖아요?"

"그래."
다모쓰는 말하기가 망설여지는 듯했다.
이 정도로 입에 올리기 꺼려지는 사실이란 게 대체 무엇일까.
"맨 마지막에 나오는 어린애."
다모쓰는 내뱉듯이 말했다.
"그애는 도구를 들고 있었어요. 그것만은 똑똑히 기억납니다. 어린애 얼굴하고 뛰어다니는 강아지는 흐리멍덩한데, 그것만은 선명하게."
"대체 뭔데?"
다모쓰의 얼굴이 별안간 일그러졌다.
"낫이에요."
"뭐?"
"풀 베는 낫."
다모쓰의 목소리는 억지로 쥐어짜는 것처럼 잠겨 있었다.
"어쩌면,"
그는 등골이 오싹해지는 목소리로 말했다.
"그 세 사람은 제가 죽인 걸지도 몰라요."

"우리, 라면 먹을까?"
너끈히 오 분은 침묵한 끝에 다몬의 입에서 나온 말을 듣고 다모쓰는 맥 빠진 표정으로 다몬을 보았다.

"이제 좀 있으면 문 열 시간 됐잖아? 사람도 많다던데, 라면 먹으러 가자. 먹어보고 싶었거든, O 라면."

다몬은 일어나 다모쓰를 재촉했다.

아무 말 않고 따라오는 것을 보면 동의하는 모양이다.

번화가 외곽에 있는 오래된 중국 음식점에 돼지기름으로 국물을 내는 유명한 라면이 있다고 동료에게 들은 터라 그곳에 가기로 했다.

다몬은 걸음을 옮기며 또다시 담배에 불을 붙였다.

"먹고 나서 인사드리러 가자. 그 편이 낫겠지?"

대답을 기다리지 않고 성큼성큼 걸어갔다.

그러나 머릿속으로는 이것저것 생각하고 있었다.

이로써 다모쓰가 무엇을 두려워하는지는 알았다.

빨간 개. 8밀리 필름. 낫을 든 아이. 세 사람의 상처.

도무지 꾸며낸 이야기 같지는 않다.

즉, 나는 이 이야기가 의미하는 바를 다모쓰가 납득할 수 있는 형태로 설명해야 한다는 말이군. 네버모어의 프로모션 및 데뷔가 그에 달려 있는 셈이다.

네버모어.

죽은 여자가 그의 애인이었을 줄이야.

새삼스럽게 그 이름에 가슴이 먹먹해졌다.

번화가 외곽에 있는 가게는 문을 연 지 얼마 되지 않아 한산했다. 그래도 소문을 듣고 온 여행자며 단골인 듯한 손님들이 군데군데 자리를 메우고 있었다.

두 사람은 묵묵히 라면을 먹었다.

처음에는 둥둥 떠다니는 기름기를 보고 놀랐지만, 입안에서 사르르 녹으면서 자연스러운 감칠맛이 남아 은근히 자꾸만 손이 갔다.

"맛있는걸."

"그렇죠? 저도 오랜만이에요."

두 사람은 마주 보고 고개를 끄덕이고는 열심히 먹었다.

"저 말이야, 다모쓰가 세 사람을 죽였을지도 모른다는 건 무슨 뜻이지? 책임을 느낀다는 의미? 아니면 물리적으로? 죽인 기억은 없는 거잖아?"

다몬은 국물을 마시며 물었다.

다모쓰가 놀란 표정으로 다몬을 보았다.

"라면 먹으면서 엄청난 질문을 하시네요."

"아까는 다모쓰가 워낙 긴장해서 물어볼 수가 있어야지. 지금은 긴장이 좀 풀렸잖아? 라면도 맛있겠다."

다모쓰는 피식 웃었다.

"다몬 씨, 이상한 분이시네요."

"본인 이야기가 훨씬 이상하다는 사실을 잊지 말도록."

"어제 서블리미널 이야기 했죠."

다모쓰는 젓가락질을 멈추고 중얼거렸다.

"했지. 뭐야, 그 개 영화가 다모쓰한테 서블리미널이란 말이야?"

"네, 뭐, 황당무계한 상상이란 건 저도 알아요. 하지만 촬영 현장을 보면 그 영화가 생각나면서, 그게…… 무의식중에 어떤 행동을 부추기는 게 아닐까 싶은 거죠. 그게 아니면 낫으로 생긴 상처를 설명할 수 없잖습니까. 그런 생각을 하다보니까 점점 불안해지는 겁니다. 물론 세 번 다 알리바이는 있어요. 하지만 기억이란 건 점점 흐려지게 마련이니까, 어쩌면 내가 한 짓이 아닐까 하는 생각이 들더라고요. 몰래 집을 빠져나가 저도 모르는 사이에 뭔 짓을 했으면 어쩌나 싶은 거죠."

다모쓰는 말하기 거북한 듯한 표정이었다.

다몬은 고개를 끄덕였다.

"그렇군. 역시 낫이 문제인가."

테이블을 톡톡 쳤다.

"낫으로 생긴 상처라. 그 8밀리 필름을 볼 수 있으면 좋을 텐데."

두 사람은 동시에 한숨을 쉬었다.

"애초에 실재하는지도 알 수 없는 필름이고 말이죠. 어쩌면 어렸을 때 무서운 꿈이라도 꾼 게 아닐까 싶을 때도 있어요."

"무서운 꿈이라."

아닌 게 아니라 어린애는 이따금 유달리 무서운 꿈을 꾸게 마련이다. 그야말로 트라우마가 될 것 같은 꿈을. 대체 이유가 뭘까.

유전자에 축적된 선조의 기억이 그런 꿈을 꾸게 하는 걸까. 인류 공통의 집단적 무의식이 뭔가를 경고하는 건가.
 그러나 좀더 명백한 이유도 있다.

 어린애가 무서운 꿈을 꾸는 것은 실제로 어떤 무서운 일을 당했기 때문이다.

 "그만 갈까. 일단 다모쓰가 살인범이란 증거는 어디에도 없고 말이지. 증거가 없으면 처벌도 할 수 없다고."
 다몬은 물을 마시고 계산을 부탁했다.
 만약 힌트가 존재한다면 그의 본가에 있을 게 틀림없다.

 집이 가까워올수록 다모쓰는 또다시 서서히 긴장하기 시작했다.
 옆을 걷는 다몬까지 덩달아 긴장되는 지경이다.
 이거야 원.
 "오늘 간다는 말씀은 드렸고?"
 "네, 일단."
 가족과 사이가 좋지 못하다고는 했지만, 본가로 돌아가는데 이렇게까지 긴장할 줄이야. 거의 두려워한다 해도 될 정도다.
 간신히 다모쓰의 집에 당도했다. 다모쓰가 무의식중에 느릿느릿 걸었기 때문이다.

해변 높직한 곳에 위치한 조용한 주택가. 고도 성장기의 전형적인 일본식 주택 같은 느낌이다.

소박한 일본식 목조 가옥에, 콘크리트를 바르고 넓게 창을 낸 서양식 방을 증축했다. 마당의 나무는 벚나무, 금목서, 무화과나무, 팔손이나무일까.

"아버님이 의사이셨다고 했지? 혹시 저 서양식 부분은 진찰실이었어?"

"아뇨, 아버지는 개업의가 아니었거든요. 저기는 응접실이에요."

"그렇군."

다몬이 초인종을 눌렀다.

"네."

나이가 지긋한 여자 목소리다.

현관 미닫이문이 열리더니 인상이 좋고 기품 있는 나이든 여자가 나왔다.

여자는 놀란 건지 어이없어하는 건지 알 수 없는 표정을 지었다. 다모쓰의 어머니인 모양이다. 어딘지 모르게 닮았다.

"다모쓰."

"나 왔어. 이분은 이번에 우리 CD를 내줄 음반사 프로듀서이신 쓰카자키 씨."

"안녕하세요, 쓰카자키라고 합니다. 인사가 늦어 죄송합니다."

"어머나, 얘도 참, 이렇게 귀한 분을 모시고 오면서 어떻게 아무 소리도 않니. 몇 년째 감감무소식인가 했더니 느닷없이 이게 뭐야."

"아이고, 아닙니다. 우연히 일 때문에 같이 왔다가 제가 억지로 따라온 겁니다. 갑자기 이렇게 찾아봬서 죄송합니다."

다몬은 황급히 과자 상자를 내놓았다.

"저런, 공연한 신경을 쓰시게 했네요. 감사합니다. 하여튼 얜, 나이만 먹어가지고. 죄송합니다. 들어오세요."

어머니는 다모쓰를 흘겨보며 허둥지둥 안으로 들어갔다.

"죄송해요."

다모쓰가 머리를 숙여 사과하기에 다몬은 고개를 끄덕였다.

그냥 보면 그렇게 사이가 나쁜 것 같지는 않은데. 오히려 서글서글하고 좋은 어머니 아닌가.

두 사람은 응접실로 안내되었다. 밖에서 본 서양식 방이다. 응접 세트, 사이드보드에 고급 위스키, 업라이트 피아노, 피아노 커버 위의 일본 인형이 든 유리 케이스까지 일본의 전형적인 응접실이다. 다몬은 저도 모르게 기시감에 젖어 황홀한 기분으로 둘러보았다. 어렸을 때 놀러 갔던 친구 집과 똑같다.

다모쓰는 침착하지 못한 표정으로 집 안을 두리번거렸다.

"아버지는?"

"병원에. 주 사흘은 아직 진료를 하신단다."

"그래, 아야는 출근했고?"

"신입인데도 어찌나 야근이 많은지. 요새 공무원은 편하지 않구나."

 다모쓰의 얼굴에 안도한 빛이 떠올랐다. 아버지가 불편한 모양이다.

 맥 빠질 정도로 평온한 귀성이었다.

 어머니는 아들의 선택을 받아들인 듯 보였고 다몬도 마음에 든 듯했다. 다몬은 다모쓰가 데뷔하게 된 경위와 과정, 앞으로의 스케줄, 현재 음악업계에 관해 담담하게 설명했다.

 슬슬 다른 멤버들이 일어날 때가 됐다.

 다몬이 시계를 보자, 다모쓰가 고개를 끄덕이고 "그럼 이만 갈게" 하며 일어섰다.

 "다모쓰, 점심은?"

 어머니가 물었다.

 "라면 먹고 왔어."

 "그래? 너, 이쪽에 더 있다 가는 거면 아버지 계실 때 한 번 더 오렴. 알았지?"

 다모쓰는 어깨를 으쓱했다.

 자리에서 일어선 다몬은 문득 어색한 느낌을 받았다.

 뭐지, 이 느낌.

 응접실을 둘러보았다.

 "다몬 씨, 왜요?"

 "저기, 벽 색깔이 다른걸. 빛이 비치는 위치로 알았어."

 다몬이 창 근처 벽을 가리키자 다모쓰는 "아, 네" 하고 말했다.

"문을 막아서 그래요."

"문?"

"옛날엔 이 옆 땅도 저희 거라 집이 한 채 더 있었거든요. 통로로 연결돼 있었다던데요. 꽤 오래전 일이지만요. 할아버지는 그곳에서 환자를 보셨다나봐요."

"그래."

밖으로 나온 다몬은 얼마 동안 집을 쳐다보았다.

"옆집은 지금 뭐야?"

"가정집이에요. 건설회사 사장네 집이라던가."

다몬은 집을 돌아 마당으로 가보았다.

점잖은 일본식 가옥이 보였다. 두 집 사이에 좁다란 골목이 있다. 죽순대가 골목을 따라 울창하게 이어진다.

"점잖아 보이는 집이군."

"다실이 있거든요. 꽤 본격적으로 다도를 한다던데요."

"저런. 바닷가 집에서 다도라니 그거 좋겠는걸. 저 골목은 어디로 이어지지?"

"바다 옆 도로가 나올걸요."

"바다 옆."

다몬은 보이지 않는 바다를 향해 시선을 던졌다.

호텔로 돌아오니 다른 멤버들과 카메라맨 사카이가 같이 커피를 마시는 중이었다.

오후부터 바로 촬영을 개시하기로 했다.

다모쓰도 다몬에게 이야기하고 또 본가에 다녀오면서 상당히 안정을 되찾은 듯했다. 다몬은 그의 공포심이 가라앉은 것만으로도 이야기를 들은 가치가 있었다고 생각했다.

촬영은 사카이에게 맡기고 호텔에서 자잘한 업무 연락을 마친 다음, 다몬은 다시 한번 시가지로 나왔다. 몇 가지 알아보고 싶은 게 있었다.

그런데 한 시간도 채 못 돼서 사카이가 다몬의 휴대전화로 연락했다.

"다모쓰가 쓰러졌어."

"뭐?"

"갑자기 빈혈을 일으킨 모양이야."

"지금 바로 가."

현장으로 달려가보니, 다모쓰는 창백한 얼굴로 절 계단에 앉아 있었다. 다몬을 보더니 힘없는 웃음을 띠었다.

"죄송합니다, 다몬 씨. 이제 괜찮아요."

"갑자기 휘청하니까 놀랐잖냐. 너, 빈혈 있었어? 전에는 이런 일 없었잖아."

도시아키가 걱정스레 얼굴을 보았다.

"아니, 어제 마신 술이 아직 안 깬 거겠지."

다모쓰는 애써 웃었다.

"오랜만에 고향에 와서 긴장한 거냐?"

마사토가 위로하듯 어깨를 툭툭 쳤다.

그러나 다모쓰가 어두운 눈빛으로 자기를 얼핏 쳐다보는 바람에 다몬은 움찔했다.

창백한 얼굴로 뭔가 하고 싶은 말이 있는 것처럼 시선을 움직이기에 그의 시선이 향한 곳으로 눈길을 주었다.

사카이의 맨살이 드러난 팔이 보였다. 기재를 만지고 있는 다부진 팔.

다몬은 오싹했다.

팔에 길이가 20센티미터쯤 되는 베인 상처가 있었다.

면도칼로 쓱 그은 것처럼 가늘고 긴 상처. 피가 살짝 맺혔다.
설마.
"사카이 씨, 그 상처, 웬 거야?"
다몬은 넌지시 물었다.
"뭐? 어, 어라? 언제 이랬지?"
사카이는 놀라 큰 소리로 반응했다.
"전혀 몰랐는걸. 어째 쓰리다 싶긴 했지만."
"'낫 족제비' 아니에요?"
도시아키가 말했다.
"저런, 들어본 적은 있지만 이게 그거란 말이야? 그거, 뭔가가 빨리 움직여서 공기가 진공 상태가 되면 베인다는 그거지? 그런 게 진짜 가능한가?"

사카이는 자기 팔을 보며 감탄하느라 바빴다.

그렇군. 다모쓰의 빈혈은 이걸 발견했기 때문인가.

다몬은 자기와 눈을 마주치려 하지 않는 다모쓰를 조금 떨어진 곳에서 꼼짝 않고 응시했다.

그날 밤.

촬영이 하루 더 남았으니 모두 일찍 들어가 쉬기로 했다.

다몬도 일찌감치 자리에 누웠다.

하지만 잘 수는 없었다. 옷을 갈아입지 않은 채 책을 읽었다. 그러나 한 글자도 머리에 들어오지 않았으려니와, 이따금 잠이 들 뻔하다가도 벌떡 일어나 앉았다.

이윽고 기다린 보람이 있어 어느 방에서 문소리가 들렸다.

이런 비즈니스호텔은 어느 방에서 사람이 복도로 나왔는지 바로 알 수 있다.

다몬은 훌쩍 일어나 앉아 신발을 신고 재빨리 문을 열었다.

유령처럼 복도를 걸어가는 그림자가 있었다.

"잠깐."

다몬이 불러세우자 그림자는 주춤하더니 몸을 똑바로 폈다.

"다몬 씨."

"내 방에서 한잔하지 않겠어? 맥주를 차게 해놨는데."

다모쓰는 그야말로 유령이라도 본 것처럼 다몬을 멍하니 바라보았다.

어둑어둑한 복도에서 봐도 얼굴이 새파랗게 질린 것을 알 수 있었다.

"자, 가자고. 그럼 안 되지, 자기한테 암시를 걸다니."

"저, 전 별로……."

다모쓰는 당황했지만 다몬은 끄떡하지 않았다.

"그쪽으로 가면 사카이 씨 방인데 어쩌려고?"

"아니, 제가 무슨, 사카이 씨 방에……."

"가려고 했잖아."

다모쓰는 고개를 떨구고 입을 다물었다.

다몬은 크게 손짓했다.

"좌우지간 들어와. 밤중에 비즈니스호텔 복도에 우두커니 서 있어서 뭐하게?"

다모쓰는 맥없이 다몬의 방으로 들어왔다.

바다가 내려다보이는 창가에 앉아 캔맥주를 땄다.

"밤에 보는 선창도 아름다운걸."

그렇게 화려한 조명은 아니지만 해안선을 따라 불빛이 밝혀진 풍경에는 고요한 아름다움이 있었다.

다몬은 불을 끄고 서로 얼굴이 보이지 않게 했다.

방 안에 맥주를 마시는 소리만 들렸다.

다모쓰가 중얼거렸다.

"전 그저 사카이 씨가 무사한지 확인하고 싶어서."

"응, 보러 가지 않을 수 없었겠지."

다모쓰가 용기를 내어 다몬 쪽을 보는 것을 알 수 있었다.

"다몬 씨, 일어나 계셨던 겁니까? 제가 그럴 거라고 생각하셨던 거예요?"

"응. 어쩐지 그럴 것 같더라고."

한숨 소리가 들려왔다. 다몬은 맥주를 꿀꺽꿀꺽 넘겼다.

"나, 다모쓰네 집에 한 번 더 갔거든. 옆집에도 가보고. 그 김에 옛날 신문 같은 것도 뒤져보고."

"네?"

어둠 속에서 다모쓰가 놀라 다몬을 보는 것을 알 수 있었다.

"사이가 좋지 못했던 건 가족이 아니야."

"예에?"

"다모쓰가 가까이 가고 싶지 않았던 건 그 집이야. 더 정확히 말하자면 전에 다모쓰네 집 부지였던 옆집 땅."

"집?"

다모쓰는 얼빠진 목소리로 되뇌었다.

그 기이한 긴장감. 집에 가까이 갈수록 고조되는 공포심. 그건 가족이 아니라 다른 것에 대한 공포였다.

"원래 그 자리엔 다모쓰 할아버님의 의원이 있었고, 그에 인접해서 어린이집이 있었다더군. 어린이집보다 규모가 작은 민간 탁아소라고 할까. 다모쓰의 어머님은 보육사셨지만, 얄궂게도 당신 아이는 그곳에 맡기고 다른 데로 일하러 나가셨다지."

"네?"

"어느 날 폭풍이 심하게 몰아치면서 탁아소에 벼락이 떨어졌어. 낡은 건물이라 순식간에 불길이 번졌다더군. 누전까지 있어서 불행이 겹쳤다고."

"뭐라고요?"

다모쓰의 안색이 변하는 것이 보이는 듯했다.

"거기 다모쓰가 있었던 거야."

"제가요?"

다몬은 순간 뒷말을 잇기를 망설였다. 그러나 이내 용기를 내어 입을 열었다.

"다모쓰가 본 건 개가 아니야."

다몬은 낮은 목소리로 말했다.

"불길 속을 기어다니는 어린애였어."

"설마."

무거운 침묵이 흘렀다.

"그 영화가. 빨간 개가. 어린애?"

다모쓰는 횡설수설했다.

그럴 만도 하다. 다몬도 다모쓰의 어머니에게 그 이야기를 들었을 때 새하얗게 질렸다. 다모쓰의 기억 속에서 치환된 것의 끔찍함에.

"그럼 그 낫은, 낫에 베인 상처는?"

다몬은 숨을 가볍게 들이쉬었다.

"사카이 씨한테 물어봤어. 오늘 촬영지를 물색하러 어디를 돌았느냐고."
"촬영지, 오전 중에요?"

아니, 괜찮은 데가 있어서 말이야. 겸연쩍긴 하지만 역시 한 번은 말이지.

"응. 그랬더니 다모쓰네 집 근처에 갔더라고. 거기, 카메라맨한테는 유명한 곳이라던데. 다모쓰네 집 바로 옆 높은 데서 유명 사진가며 감독들이 구도를 딱 잡고 스틸이나 스냅을 여러 번 찍었다지. 그래서 사카이 씨도 거기서 꼭 한 번 사진을 찍어보고 싶어서 갔다는 거야. 그리고 다모쓰네 집 옆으로 난 좁은 골목을 통해 해변으로 내려갔다더군."
"저희 집."
다모쓰가 멍하니 되뇌었다.
"그 죽순대가 우거진 골목 말이야."

벌거벗은 팔의 가느다란 상처.

"탁아소에 불이 났을 때 연기를 마시고 미처 못 도망친 아이가 있었던 반면, 다모쓰를 비롯한 몇몇 아이들은 스스로 기고 걷고 해서 밖으로 나왔어."

타오르는 건물. 거센 비.
무서운 꿈을 꾸는 것은 실제로 무서운 체험을 했던 아이다.

"당시는 훨씬 울창한 대숲이라 애들은 그 속으로 도망쳤어. 댓잎은 날카롭거든. 사무실에서 우리가 종이에 손을 베이듯 댓잎에 베인 거야. 연기를 피해 그리로 도망치긴 했지만, 나중에 구출됐을 때 다모쓰의 얼굴이랑 팔은 온통 댓잎에 베인 상처투성이였다고 해."

"베인 상처투성이…… 그럼, 그럼 그 낫은."

다모쓰의 목소리가 떨렸다.

"다모쓰가 처음 영화 촬영을 구경하러 갔을 때 부모님께서 데려가셨다더군. 유치원 다닐 때쯤이었다고 해. 그때 촬영하던 게 우연히 바다에서 배가 불타오르는 장면이었어. 그게 맨 처음이었어. 그때 처음으로 다모쓰는 그 불타는 광경하고 자기가 체험한 화재와 상처의 장면을 합성해서 '개 영화'를 '처음 본 영화'로 기억에 아로새긴 거야."

어린아이의 눈에 비친 불길.
강렬한 체험. 불길 속을 기어다니는 무언가.
"그러니까 영화 촬영하고 다모쓰가 기억 속에서 만들어낸 '개 영화'가 합쳐진 것도 무리가 아니야. 아이한테 낫을 들린 것도 말이지. 실제로 베인 상처가 생겼던 걸 몸이 기억하고 있었으니까.

초등학교 친구하고 동네 할아버지 몸에 상처가 있었던 것도 그렇게 신기한 일이 아니었어. 두 사람 다 다모쓰네 집 근처를 자주 지나다녔고 할아버지는 정원 일까지 했으니까."

"하지만, 하지만, 그애는 아닌데요. 그애는 저희 동네에 살지 않았단 말입니다."

다모쓰의 목소리가 어둠 속에서 휘청거렸다.

그의 혼란이 생생히 느껴졌지만 이제는 돌이킬 수 없었다.

"왜 여자친구의 몸에 상처가 났는지는 방금 전에 알았어. 다모쓰가 사카이의 상태를 살펴보러 가려고 했기 때문이야."

"네? 무슨 뜻이죠?"

"여자친구의 몸에 상처를 낸 사람은 다모쓰야."

다모쓰가 할 말을 잃은 것 같았다.

"다모쓰는 여자친구의 죽음에 강한 충격을 받았어. 그걸 부정하고 싶었어. 이전의 두 죽음과 결부시키고 싶었어. 자기 탓이라고 믿고 싶었어. 그래서 시신과 대면했을 때 몰래 상처를 낸 거야. 아니, 어쩌면 그런 행위조차 없었는지도 몰라. 어쨌든 다모쓰는 여자친구의 몸에서 '베인 상처를 봤다'고 믿어 의심치 않았으니까."

"세상에…… 아니, 그런."

"어머님도 놀라시더군. 설마 그렇게 옛날 일을 다모쓰가 그런 형태로 줄곧 짊어지고 왔을 줄은 몰랐다고."

다몬은 새파랗게 질려 눈물을 글썽이던 어머니를 떠올렸다.

그애가 설마 그런 식으로 괴로워하고 있었을 줄이야. 친구가 죽었다고 우울해한 적은 있었지만, 전 전혀 몰랐어요. 집에 안 오는 것도 사내애라 그런 줄로만. 이렇게 잔인할 데가."

다몬이 허둥지둥 위로를 해야 했다.

"당신이 헤아리지 못했다고, 다모쓰한테 못할 짓을 했다고, 어머님이 충격을 받으셨어. 그러니까 꼭 한 번 더 집에 가서 안심시켜드려."

"세상에."

다모쓰의 목소리가 떨렸다.

"……세상에."

그러나 다몬은 그 목소리가 아주 약간 가벼워진 것도 눈치챘다. 다모쓰는 인정하기 시작했다. 이제까지 있었던 일을. 동시에 온갖 것으로부터 해방되려 하고 있다. 의혹과 공포, 절망, 죄의식에서.

네버모어.

사랑하는 사람을 잃고 네버모어, 하고 우짖는 까마귀.

다몬은 속으로 살며시 말을 걸었다.

이름도 모르는 여자애, 다모쓰는 아직 널 잊지 않았어. 그렇지만 이제 그만 다모쓰를 놔줘.

"지금 촬영 중인 건 엄청 슬픈 순애 멜로드라마라던데. 내용은 그렇다 치고 나, 주연 여자애 팬이란 말이지."

다몬은 느긋하게 중얼거렸다.

"내일 우리 촬영이 끝나면 구경하러 가보지 않겠어? 소문을 들자니 내일은 러브신을 찍는 모양이던데."

다모쓰가 말없이 고개를 끄덕이는 것이 느껴졌다.

두 사람은 가만히 창밖으로 시선을 돌렸다.

해안선을 장식하는 선창의 불빛이 고요히 눈 밑에서 깜박이고 있었다.

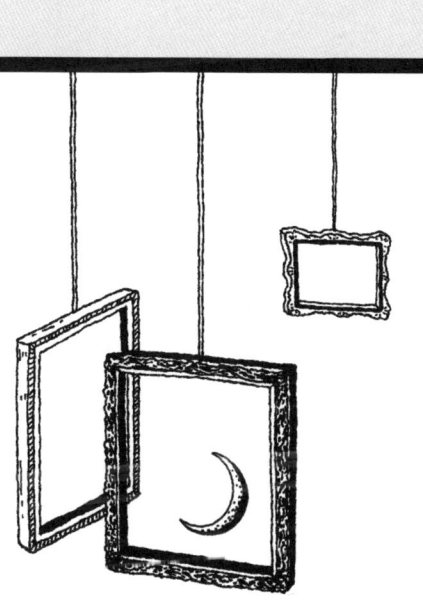

사구
피크닉

의외로 작은걸.

쓰카자키 다몬은 눈앞에 펼쳐진, 흐릿하게 유백색으로 빛나는 언덕을 올려다보았다.

하늘에는 북직해 보이는 빛을 품은 흰 구름이 떠 있고, 시선을 조금 돌리면 동해 바다가 군청색에 회색을 덧칠한 빛깔로 거칠게 파도치고 있다.

언덕 곳곳에 관광객이 성냥개비처럼 흩어져 있다.

"……더 클 줄 알았는데."

비슷한 인상을 받았는지 옆에서 구스노키 도모에가 중얼거렸다.

다몬은 바람에 날려갈 뻔한 모자를 붙잡으며 고개를 끄덕였다.

"사진으로는 훨씬 넓어 보이지. 역시 프로 사진가는 대단한걸."

"그러게 말이야."

두 사람이 그렇게 고개를 끄덕이며 서 있는 곳은 T사구 입구다.

쌀쌀한 봄의 끝 무렵, 골든위크는 끝났지만 관광 시즌으로는 아직 어중간한 계절이다. 평일 오전인 탓도 있어 관광객은 많지 않았다.

T역에서 택시를 타고 여기까지 왔는데, 운전기사 말로는 방풍림을 심어서인지 사구에 자꾸만 풀이 자라 삼십 년 전보다 면적이 훨씬 줄어들었다고 했다.

택시에서 내려 기념품 상점이 늘어선 간선도로를 건너고, 국립공원 간판 앞을 지나 널이 깔린 통로를 올라가자 눈앞에 봉긋한 언덕이 펼쳐졌다.

그러나 사구는 전체가 한눈에 들어오는 규모였다. '사구' 하면 보통 생각나는 이미지, 동요 〈달의 사막〉에서처럼 그야말로 바다를 따라 사구가 끝없이 이어지는 느낌은 아니었다.

굳이 말하자면 커다랗고 통통한 누에고치 같은 모래 덩어리가 해변에 달랑 놓여 있는 것에 가깝다.

"어째 살아 있는 생물 같은걸. 커다란 모래 아기가 자는 것 같아."

도모에는 담배에 불을 붙였다. 그녀는 상당한 골초다.

다몬은 제법 그럴싸한 말이라고 생각했다.

도모에가 무표정한 얼굴로 다몬을 보았다.

"사구는 움직인다며?"

"응, 그렇다고들 하지. 바람이 세면 조금씩 허물어져서 하룻밤 새에도 꽤 먼 거리를 이동한다고."

"이대로 부스스 일어나서 밤중에 어딘가로 꾸물꾸물 가버릴 것 같아."

"상상하니 꽤나 기괴한 장면인걸."

두 사람은 걷기 시작했다.

"아아, 사구에서 피우는 담배 맛 좋다."

도모에의 얼굴에 니코틴 중독자답게 더없이 행복한 표정이 떠올랐다.

평소에는 대단히 무표정하고 무뚝뚝해서 감정이 전혀 읽히지 않는 여자인데, 이런 때 보이는 표정은 상당히 무방비하다.

"사구하곤 상관없지 않아? 그냥 밖에서 피워서 그런 거겠지."

"요샌 좌우지간 어디나 금연이니까."

모래에 발이 걸려 그렇게 걷기 힘들 수가 없다

모래사장을 걷는 것과도 또 다르다. 비탈면을 걸으려니 발이 푹푹 빠지고, 그때마다 모래가 스르르 무너지니 영 불안하다.

"어째 이상하네."

도모에가 몇 분 걷더니 혼잣말처럼 중얼거렸다.

"그러게."

다몬도 동의했다.

아무리 걸어도 앞으로 나아가지 않는다.

시야 속의 경치가 조금도 달라지지 않는 것이다.

불현듯 초조해졌다. 이러다 밖으로 나가지 못하는 게 아닐까. 스르르 무너지는 모래에 어느새 파묻히는 게 아닐까.

조그맣게 보였던 사구가 부쩍부쩍 커졌다.

모래에 푹푹 빠져가며 힘들게 다가간 그들은 사구가 실은 상당히 높다는 것을 깨달았다. 3층 건물, 아니, 족히 4, 5층 높이는 될 것 같다.

"원근감이 헛갈리네."

도모에가 중얼거렸다.

"그러게. 저 사람들, 보기보다 실은 꽤 멀리 있는 거구나."

관광객이 성냥개비처럼 보였다는 것은, 역시 그 나름대로 멀리 있다는 뜻인 모양이다. 음영과 요철이 잘 분간되지 않는 사구에서는 거리 감각이 둔해지는 것 같다.

"그래. 그렇단 말이지. 이 원근감의 혼란을 그대로 사용한 셈이네, U는."

도모에는 만족스레 고개를 끄덕였다.

U는 이 T사구의 사진으로 전세계에 널리 알려진 사진작가다.

교묘한 트릭으로 유명한 그의 사진은 한동안 광고사진으로도 자주 사용되었다. 아마 많은 이들이 사구에 인물을 정물화처럼 배치한 흑백사진을 보았을 것이다.

그의 사진 중에는 모자에 사람이 올라가 있는 것처럼 보이는 것이며 정물이 공중에 떠 있는 것처럼 보이는 것이 있는데, 모두 사구에서의 원근감을 이용해 찍은 작품들이다.

"다들 그 사람 사진의 등장인물들로 보이는걸."

다몬은 사구에 선 노부부를 보았다. 장화를 신고 나란히 선 모습이 딱 오즈 야스지로 영화의 한 장면이다.

발치를 내려다보자 뭐라 말할 수 없이 섬세한 무늬가 이어져 있었다.

"풍문風紋이야."

완만한 비탈면의 풍문 위로 계속되는 발자국들도 흡사 영화의 한 장면처럼 근사하다.

"아름답네."

"포토제닉."

두 사람은 자기 발자국을 확인하며 사구 꼭대기를 향해 걸어갔다.

잘 보니 모래 알갱이가 빛을 받아 반짝였다. 그 덕분에 사구만 스포트라이트를 받는 양 환하게 보인다는 것을 깨달았다.

아니, 그보다 사구가 빛을 머금은 것처럼 보인다. 꼭 안에 광원이 있어 안쪽에서 바깥을 비추는 것 같다.

다몬은 넋을 잃고 모래의 표정을 바라보았다.

"역시 일본은 식물상이 풍부한 나라구나. 그냥 두면 점점 식물로 뒤덮이려나."

도모에는 휴대용 재떨이에 담뱃재를 떨면서 사구 가장자리에 점점이 보이는 관목에 눈길을 주었다.

식물의 포위망이 서서히 사구를 죄어드는 것을 알 수 있었다.

"도쿄 도는 거의 아열대나 다름없잖아? 도심에 공터가 있으면 금세 정글이 되지."

그렇게 대답하는 중에도 다몬은 숨이 꽤 찬 것에 충격을 받고 있었다.

고생 끝에 사구 꼭대기에 도달했다.

하얗게 부서지는 황량한 동해 바다가 시야 가득 펼쳐졌다.

"동해다."

"참 불가사의한 색이야. 어딘가 얼어붙어 있다고 할지, 뭐라고 할지."

그렇게 말하는 도모에의 눈도 약간 불가사의한 색이다. 부드럽게 컬이 진 곱슬머리의 색깔도, 살빛도 옅은 것을 보면, 어쩌면 조상 중에 서양 사람이 있는지도 모른다.

노란 티셔츠에 녹색 데님 점퍼를 걸친 튀는 복장도 그녀에게는 어울렸다.

그녀는 원색을 몸에 꼭 하나는 걸친다고 한다. 본인 말로는 '성격이 수수하니까 균형을 잡으려고'라 한다.

"어때? 참고가 되겠어?"

다몬은 태평하게 물었다.

도모에는 "으음" 하고 모호하게 반응했다.

그것으로 질문에 대한 대답이 끝났나 했더니, 오 분도 더 지나서 그녀가 나지막이 중얼거렸다.

"참고가 된다기보다…… 오히려 수수께끼가 더 심화되는걸."

구스노키 도모에는 산업 번역, 특히 기술 번역이 전문인 번역가다. 이공학부를 졸업한 만큼 기술 분야에 강하고 명석한 번역을 한다는 평가를 받고 있다.

그렇지만 다몬과는 인연이 거의 없는 분야이니 그런 평판을 확인할 기회는 없다. 그런 그가 그녀와 알게 된 것은 이른바 친구의 친구라는 얄팍한 인연을 통해서였다.

구스노키 도모에는 본인 말처럼 말수가 매우 적고 수수한 성격인데, 어째선지 발이 대단히 넓다. 다몬이 듣기로, 그녀에게는 일종의 재능이 있는 모양이다. 선견지명이라고 할지, 트렌드를 예측하는 힘이라고 할지. 카피라이터며 디자이너, 제조업체 기획부, 광고회사 등이 그녀에게 은밀히 자문을 구하고 그에 따른 결과로 다양한 히트 상품과 유행이 탄생했기 때문이다. 물론 그녀가 전면에 나서는 일은 없지만 업계에서는 유명한 인물이라고 한다. 그 때문에 기치조지 외곽에 있는 그녀의 집에는 손님의 발길이 끊이지 않는 모양이다.

그리고 또 한 가지 유명한 게, 기혼인 것은 분명한데 그녀의 남편을 본 사람이 아무도 없다는 점이었다. 듣자 하니 모험가라는데, 그녀의 집에는 사진 한 장 놓여 있지 않다. 혹시 교도소에 있는 게 아닐까 하는 그럴싸한 소문까지 도는데, 본인은 그런 소문을 아는지 모르는지 가타부타 말이 없다. 타인의 호기심을 만족시켜줄 생각은 없는 모양이다.

이번에 다몬이 그녀의 여행에 동행하게 된 것은, 현재 그녀가 번역 중이라는 책이 발단이 되어서였다.

"기묘한 책이라서 말이야."

도모에는 더는 상세히 설명하지 않았다.

일본으로 치면 데라다 도라히코* 같은 타입의 학자가 쓴 책인데, 에세이이기도 하고 기행문이기도 하면서 연구서이기도 한 모양이다.

원래는 그녀에게 돌아올 성격의 책이 아닌데, 과학사에 관한 서술이 있어서 문학 쪽 번역자가 난색을 표했다고 한다. 결국 돌고 돈 끝에 그녀에게 떨어진 것이다.

그녀가 T현에 온 목적은 한마디로 '조사'였다. 책 내용에 관해 확인할 게 있어서라고 한다.

다몬이 같이 오게 된 것은 늘 그렇듯이 그가 시간이 자유롭고 같이 있어도 방해가 되지 않기 때문인데, 도모에에게는 또다른 속셈이 있었던 모양이다.

같이 가자고 하면서 "다몬 씨한테는 이런저런 이상한 일들이 잘 생긴다며? 어째 그런 재능이 있다던데"라고 의미심장한 말을 했기 때문이다. 그녀의 눈이 얼핏 번득인 것처럼 보인 것은 착각인가.

각기 가정을 가진 남녀가 함께 여행한다는 것은 생각하기에 따라서 문제가 될 듯한데, 둘 다 그런 것을 신경쓰는 타입이 아니거

---

* 나쓰메 소세키에게 영어와 하이쿠를 배웠다는 일본의 수필가이자 물리학자. 과학 저술과 문학적인 산문 모두에 뛰어난 저작을 남겼다.

니와 애초에 서로 상대방에게 연애 감정 따위 없다는 것을 잘 아는 터라 이렇게 둘이서 사구를 오르고 있다.

도모에가 갑자기 디지털카메라를 꺼내 사구를 찍기 시작했다.

"다몬 씨, 거기 좀 서볼래?"

"그래."

다몬은 모자를 모래 위에 놓고 조금 떨어졌다.

"오오, 그야말로 U 터치인걸."

도모에가 중얼거리며 셔터를 눌렀다.

"그렇군. 사구에서 사진을 찍으면 사구가 커 보이는구나."

그녀는 찍은 사진을 확인하며 중얼거렸다.

다몬은 있던 자리로 돌아가 모자를 집어들고 모래를 털었다.

"재미있네. 사구 안쪽에 있으면 사구가 점점 커져. 꼭 부풀어오르는 것처럼."

"우주 같은걸."

"정말."

밖에서 보던 인상과 안에서 보는 것이 전혀 딴판이다. 사구 자체가 품고 있는 공간이 거대한 것이다. 흡사 늘었다 줄었다 하는 것 같다. 계속해서 팽창하는 우주 중심을 향해 걷는 것처럼.

"사구는 날마다 모양이 바뀌는 셈이잖아? 바람의 방향이라든지, 세기라든지, 비 때문에도 바뀌지. 연 단위로도 바뀔까? 옛날의 사구랑 지금의 사구는 모양이 다르겠지? 아니면 어느 정도는 원형이 유지되나?"

도모에가 생각에 잠겨 말했다.

다몬은 그녀가 무엇을 '확인'하려는 건지 알 수 없었다.

무슨 생각을 하는 거지? 사구의 모양?

"친구 중에 TV 카메라맨이 있는데, 사막에서 모래 폭풍이 불면 하룻밤 만에 지형이 바뀐다던데."

"그렇겠지."

사구 위는 바람이 강했다.

바닷바람인지 꽤 세게 불어친다.

자세히 보니 발치에서 모래가 스르르 움직이고 있었다.

얇은 막을 벗기는 것처럼 모래가 반짝이며 흩어진다.

발밑의 땅이 흐르니 기분이 이상했다. 천천히 움직이는 벨트컨베이어. 게다가 항상 움직이는 셈이다.

관광객들의 발자국이 줄무늬를 그린다.

멀리 늘어선 고목들이 하늘과 사구 사이에서 악센트를 만들었다.

구름이 천천히 흘러간다.

제법 재미있는 곳인걸. 여기서 사진을 찍고 싶어지는 마음도 알겠어. 그 정도로 충분히 아름다운 곳인 데다 멋진 무대야.

다몬은 이곳이 상당히 마음에 들었다는 것을 깨달았다. 앉아서 얼마 동안 머리를 텅 비우고 바람을 맞았다.

사구 꼭대기에 꼼짝 않고 서서 뭔가를 탐색하듯 주위를 둘러보던 도모에가 이윽고 가볍게 고개를 끄덕였다.

"이제 됐어. 사구가 어떤 곳인지 얼추 이미지가 잡혔어."

도모에는 사구를 내려가기 시작했다.

"그래?"

다몬은 도모에의 뒤를 따라 내려갔다. 그녀의 발자국은 상당히 작았다.

사구를 벗어나 간선도로로 돌아왔다.

도로를 가로지르는 케이블카가 서 있었다.

시간이 아직 이르다. 도쿄에서 아침 첫 비행기로 날아왔기 때문이다.

버스 정류장이 보였다.

"다음 차는 언제야?"

"한 삼십 분 뒤."

버스를 기다리며 도모에는 담배를 한 대 더 피웠다.

벤치에 앉아 교통량이 많지 않은 도로와 그 너머로 보이는 바다를 멍하니 바라보았다.

도모에는 배낭에서 책 한 권을 꺼냈다. 문제의 책인 모양이다.

다몬은 표지를 들여다보았다.

"앙리 베자르. 프랑스 사람이야?"

"응. 이건 영역판. 본업은 물리학자인 모양인데 과학에 관한 논픽션을 여러 권 썼나봐."

"《환시자들》. 별로 과학자 같지 않은 제목인걸."

연녹색과 회색 표지에 제목만 덩그러니 있는 아주 심플한 책이다.

도모에가 다몬을 흘깃 보았다.

"맞다, 다몬 씨는 어렸을 때 외국에서 살다 왔지."

"독해력은 별로 좋지 않지만."

다몬은 어린 시절을 종합상사 영업사원이었던 아버지와 함께 외국에서 보낸지라 영어와 스페인어를 말하고 듣는 데는 불편함이 없지만, 딱딱한 책을 읽는 데는 시간이 꽤 소요되었다.

책을 집어들고 책장을 팔랑팔랑 넘겨보았다.

여기저기 찌지가 붙은 것은 그녀가 마음에 걸린 부분을 표시해둔 건가, 아니면 번역에 관해 뭔가를 체크하는 건가.

"프랑스에선 유명한 사람인가봐."

"아닌 게 아니라 장르를 나누기가 불가능한 책 같군."

표지의 내용 소개를 보니 요령부득으로 횡설수설한다. 보아하니 편집자도 내용을 완전히 정리하지 못한 듯하다.

"얼마 전에 죽은 모양이더라고. 이게 마지막으로 쓴 책인데, 절반은 자서전이지만 논문 같은 데가 있는가 하면 에세이나 칼럼 같은 단편斷片도 있고 소설 같은 부분도 있어서 편집자도 어떻게 해석하면 좋을지 잘 모르겠나봐. 오컬트 같은 서술까지 있지 뭐야. 그 전까지 썼던 다른 책에는 신비주의적인 경향이 전혀 없었던 모양인데."

"저런. 그래서 뭘 '확인'하러 온 건데?"

다몬은 도모에에게 책을 돌려주었다.

"이 사람, 한 이십 년 전에 일본에 온 적이 있거든. U의 사진은

1970년대부터 서양에도 소개됐는데, 특히 프랑스에선 개인전도 여러 번 열릴 정도로 인기가 있었어."

U의 독특한 작풍은 유럽과 미국에서 'U 터치'라는 이름으로 불린다.

"프랑스에서 문화 훈장까지 받았으니까."

"응. 그러니까 베자르도 U의 사진을 보고 T사구에 관심을 가졌던 모양이야. 평생 일개 아마추어 사진작가로 살면서 태어난 고향을 떠나지 않았다는 데도 흥미를 가져서, T현에 꼭 와보고 싶어했대. 그래서 일본에 왔을 때 여기를 보러 왔거든. 그 이야기를 이 책에 썼어."

"그래?"

도모에는 찌지가 붙은 페이지를 펴서 중간 정도를 가리켰다.

"그때의 일본 기행이 얼마나 기묘한지 몰라. 특히 이 T사구에 관한 부분이."

"뭐라고 썼는데?"

도모에는 당혹한 얼굴로 다몬을 보았다.

"그게 말이야, '사라졌다'고 썼어."

"사라지다니 뭐가?"

"사구."

"엥?"

도모에는 담배 연기를 후 뱉어냈다.

"사구를 보러 갔더니 눈앞에서 사구가 사라졌다는 거야."

"에이, 아무리."
"응, 그렇게 생각하게 되잖아? 그래서 보러 온 거야. 그런 일이 실제로 일어날 수 있는 건가 싶어서."
"일어날 수 있고말고 할 게……."
다몬은 할 말을 잃었다.

사라진다. 저 커다란 사구가?

도모에는 또다시 담배에 불을 붙였다. 두 사람은 입을 다물었다. 버스는 아직 보이지 않는다.

"추리소설에 소실 트릭이란 게 있잖아?"
다몬은 눈앞의 풍경에 눈을 고정시킨 채 혼잣말처럼 중얼거렸다.
"있지."
옆에서 도모에도 무표정하게 고개를 끄덕였다.
"사람이 사라지고, 집이 사라지고, 산이 사라지고."
"산? 그런 게 있었던가?"
다몬이 손가락을 꼽자 도모에가 되물었다.
"어, 없나?"
"사람이랑 집은 많지만. 로슨이라든지, 퀸, 호크도 있고."
"오, 도모에 씨, 미스터리를 읽는구나."

다몬은 기뻐하며 도모에를 보았다.

도모에는 무표정한 얼굴로 다몬을 흘긋 보더니 이내 심드렁하게 앞으로 시선을 되돌렸다.

"중고등학교 때 푹 빠져 살았어."

"요새는?"

"가끔 봐."

넓은 관내는 한산했다.

학생으로 보이는 커플과 사진을 찍을 듯한 예술계 청년 한 명이 전시실로 들어간 게 전부다.

"사치스러운 공간이네."

도모에가 중얼거렸다.

"그러게. 언제까지고 멍하니 앉아 있을 수 있을 것 같지."

두 사람이 의자에 앉아 바라보고 있는 것은 완벽한 칼데라식 윤곽을 그리는 아름다운 산이었다.

그들은 사진가 U를 기념하는 미술관에 와 있었다.

오전 중에 T사구를 산책한 그들은 버스를 타고 T역으로 돌아와 이른 점심을 천천히 먹은 뒤, 마을 중심부에서 조금 떨어진 곳에 있는 이 미술관을 찾았다.

세계적으로 유명한 건축가가 설계했다는 건물은 콘크리트 상자들을 옆으로 길게 늘어놓은 것처럼 보였다. 지자체에서 운영하는 이곳은 겨울철에는 휴관한다.

이 일대는 원래 국립공원으로 지정된 명봉 다이센 산이 완벽하게 비치는 저수지였다. 물에 거꾸로 비친 일명 뒤집힌 다이센을 그리는 이곳 화가들에게 예로부터 명당으로 유명했다는데, 그 저수지를 재현하기 위해 미술관 주변에 커다랗게 못을 팠다. 회색 콘크리트 상자들을 잇는 유리 통로에서 다이센 산과 못에 비치는 '뒤집힌 다이센'을 감상할 수 있게 되어 있다.

"이 건물, 이를테면 배인 걸까?"

도모에는 미간을 찌푸리며 팸플릿에 실린 전체 사진을 보았다. 다몬도 들여다보았다.

"그러고 보니 배 같기도 하네."

"이 빠진 빗으로 보이지 않을 것도 없지."

"바코드 같기도 하고."

상자 부분은 전시실에 해당되므로 창문이 없다. 그중에서도 상자 자체를 카메라 삼아 거대한 렌즈를 통해 '뒤집힌 다이센'을 벽에 비추는 영사실이 개관 당시 화제를 모았다.

의자에 앉아 다이센을 바라보는 두 사람 뒤로 조금 전에 본 예술계 청년이 지나가는 모습이 유리에 비쳤다.

다몬이 흘깃 옆으로 시선을 돌리자, 청년이 영사실로 들어가는 게 보였다.

"왜 다들 그렇게 거꾸로 뒤집힌 걸 좋아하는 걸까."

다몬이 중얼거렸다.

"어렸을 때 가랑이 사이로 세상을 본 적 없어? 그 느낌이 생각나서 그런 게 아닐까?"

도모에가 팸플릿을 보며 대답했다.

"아아, 그렇군. 그러고 보니 어렸을 때 많이 했지. 요새는 안 하네."

"지금 하면 머리가 어지러울 것 같아. 혈압도 올라갈 것 같고."

"어느 관광지였나, 가랑이 사이로 보는 게 제일 낫다는 데가 있었는데. 어딘지는 생각이 안 나지만."

"거꾸로 뒤집힌 건 어떤 의미에서 패덕적이라든지 불손하다든지 그렇잖아? 그런 부분에도 끌리는 게 아닐까."

"이집트 피라미드 속에 태양의 배라는 것이 묻혀 있는데 말이지."

다몬은 돌연히 이야기를 시작했다.

그가 곧잘 하는 일이지만, 도모에는 그의 그런 버릇에 아직 익숙지 않은지 얼떨떨한 표정을 지었다. 다몬은 아랑곳없이 이야기를 계속했다.

"그게 거꾸로 묻혀 있다는 거야."

"저런, 바닥이 위에 있단 말이야?"

"그래."

"왜?"

"일설에 따르면 신기루 탓이라고 하나봐."

"간단히 설명하자면?"

"옛날 사람들은 지금보다 신기루를 자주 봐서 아무것도 없는 곳에 풍경이 거꾸로 떠 있는 데 익숙했거든. 그걸 날이 맑으면 나타나는 태양의 나라라고 생각했어. 그러니 태양의 나라에 가기 위해서 피라미드도 거꾸로 뒤집히는 걸 상상한 거야. 피라미드가 거꾸로 뒤집히면 안에 있는 배가 공중으로 두둥실 떠오르는 거지. 그걸 타면 태양의 나라에 갈 수 있다. 그런 발상이었던 모양이야."

"그렇구나."

"옛날에 아버지한테 신기루에 왜 벌레 충虫 자가 들어 있느냐고 물었더니, 신기루의 신蜃자가 거대한 대합조개를 가리킨다고 하더라고. 신기루란 게 온도가 다른 공기층이 겹칠 때 보이는 거 맞지?"

"대충 말하자면."

"실제로 신기루가 보일 때는 공기가 층이 져서 몽롱하게 일그러져 보이잖아? 옛날 사람들은 거대한 대합조개가 그런 몽롱한 기를 토해내서 그 속에 누각을 보이게 하는 거라고 생각했다는 거야. 그 말을 듣고 엄청 감탄했던 기억이 있어."

"옛날 사람들이 생각하는 게 해괴하고 스케일도 크네."

"정말 그랬다면 재미있었을 텐데, 신기루."

"대합조개가 토해낸 기라면 좋았을 거라고?"

"응. 그 편이 낭만적이잖아."

"낭만적이라기보다, 그렇게 거대한 대합조개가 있으면 섬뜩할 것 같은데."

"조갯국 끓이려면 힘들겠어."

대화가 묘하게 어긋났지만, 어차피 잡담인지라 두 사람 다 별로 신경쓰지 않았다.

"인간 소실은 그렇다 치고, 건물이 사라지는 트릭엔 패턴이 있잖아?"

"그러게. 뭐, 자주 나오는 게, 건물이 사라진 게 아니라 보는 사람이 이동했다는 패턴이지. 본인은 계속 한자리에 있었다고 생각했는데 아침에 보니까 실은 다른 데 가 있었다든지, 다른 방향에서 보게 조작됐다든지."

"그러게. 그리고 건물이 보기보다 튼튼하지 않았다는 패턴도 있고."

"몰래 해체했다든지, 태워버리는 케이스지."

다몬은 유명한 작품들을 떠올리며 고개를 끄덕였다.

"대충 그 둘로 나뉘는 것 같지 않아?"

"음. 감춰버리는 패턴은 어때?"

"감추다니?"

"가령 눈앞의 물에 비친 다이센 산 그림자."

다몬은 정면을 가리켰다.

"저 뒤집힌 다이센을 감추려면 어떻게 하겠어?"

갑작스러운 질문에도 도모에는 당황하지 않고 골똘히 생각했다.

"수면에 낙엽을 뿌리는 건 어때? 수련을 심는 방법도 있고. 얼음이 얼면 보이지 않게 될 거야. 아예 못 자체를 메워버리면 두 번 다시 못 봐."

"그럼 정면의 다이센 산을 감추려면?"

"구름이 끼면 안 보여. 안개도 그렇고. 여기에 나무를 심거나 건물을 지어도 안 보일 거야."

"정면에 있는 다이센 산이 사라지면 뒤집힌 다이센도 사라지겠지. 그럼 뒤집힌 다이센만 보이게 하려면 어떻게 해야 할까?"

"지상의 다이센 산만 없앤다고? 창문에 막이라도 치나? 저, 다몬 씨, 이런 대답이라도 되는 거야? 이거 무슨 함정 문제야?"

도모에는 요령부득인 대화에 인내심이 바닥났는지 다몬을 매섭게 노려보았다.

다몬은 팔짱을 끼고 연신 고개를 갸웃거렸다.

"으음, 모르겠어. 어째 그 언저리에 힌트가 있을 것 같은데."

도모에의 가방 속, 프랑스 학자 앙리 베자르라는 사람이 남겼다는 책의 수수께끼를 풀 힌트.

그러나 그들이 힌트를 찾는 것은 인간 소실도, 건물 소실도 아닌 사구 소실이다. 그 거대한 사구를 없애려면 어떻게 해야 할까.

"그 부분에 뭐라고 쓰여 있는지 한 번 더 읽어주겠어?"

다몬이 부탁하자 도모에는 "그래" 하며 서표를 끼운 페이지를 펼쳤다.

"아직 초벌 단계이긴 하지만. 자기도 원문으로 읽을 수 있으면서 그래?"

"괜찮아. 다듬은 게 아니라는 건 아니까."

도모에는 낮은 목소리로 읽기 시작했다.

달 밝은 여름밤에 있었던 일이다.

나는 밤의 늪 같은 청색 유카타를 입고 밤중에 사구로 산책을 나가는 모험을 감행했다. 유카타는 움직이다보면 여밈이 느슨하게 벌어지지만, 일본의 전통 여관에서 여러 번 입는 사이에 무릎 아래만 써서 걸으면 옷매무새가 흐트러지지 않는다는 것을 깨우쳤다. 남자의 경우, 가운과는 달리 허리띠를 요골 언저리까지 내려 묶으면 옷매무새가 안정된다고 일러주기에 그렇게 해보았다. 그랬더니 몬순기후인 아시아의 무더운 밤에, 겨드랑이 밑과 다리에 바람이 통해 그 사각거리는 감촉과 더불어 유카타가 상당히 쾌적하게 느껴졌다.

진줏빛으로 빛나며 관능적인 곡선을 그리는 밤의 사구는 신비스러웠다. 나는 고혹적인 음영에, 실크처럼 매끄러운 모래에 떠오르는 풍문에 매료되었다.

밤바다에서는 대포 같은 소리가 쉴새없이 밀려왔지만, 그 무시무시한 소리조차 사구에 곁들여진 반주인 양 색채 없이 곡선으로 그려진 이 추상화를 꾸미고 있었다.

사구에서 보낸 이날 밤이 내 인생에서 특별한 장면이라는 것은 틀림없지만, 실은 그때 내가 체험한 일을 써야 할지 말아야 할지 잘 모르겠다.

매우 기묘한 체험이었던지라, 그래도 명색이 과학자라고 내 이성이 그 일을 받아들이기를 지금껏 거부하기 때문이다.

그러나 한편으로 회고록인지 에세이인지 알 수 없는 이 졸문을 쓰다보니 역시 그것에 관해 써야 한다는 생각도 든다. 내가 그 일을 체험했던 것은 사실이거니와, 과학자로서 체험한 일을 없던 것으로 할 수는 없기 때문이다.

좋다, 써보자.

나는 바닷바람을 맞으며 대포 소리 같은 해명海鳴을 벗 삼아 사구에 앉아 사색에 잠겨 있었다. 어찌나 기분이 좋았는지 내가 사색을 시작했다는 것조차 못 알아차렸을 정도였다. 일단 이렇게 되면 늘 삽시간에 시간이 흘러버린다.

구름이 달을 가려 어두워진 다음에야 나는 정신이 퍼뜩 들었다. 시간이 꽤 늦은 게 아닐까, 여관 주인이 걱정하는 게 아닐까 불안해져 일어섰다.

유카타에 묻은 모래를 털고 안경을 고쳐쓴 다음 얼굴을 들었을 때, 구름에 가려져 있던 달이 얼굴을 내밀어 별안간 주위가 환해졌다.

다음 순간, 나는 내가 보고 있는 광경이 이해되지 않았다.

아니, 믿기지 않았다.

사구가 없다.

사구가 사라졌다.

조금 전까지 내가 걷고 있던, 관능적인 곡선과 고혹적인 음영을 지닌 거대한 구릉이 모습을 감추고 없었다.

그 자리에 바다가 있었다.

무시무시한 해명이 천지를 뒤흔드는 밤바다. 아스라이 거품이 일고, 저 멀리 어두운 수평선이 보였다. 조금 전까지 수평선 따위는 보이지 않았다. 거대한 진줏빛 언덕이 눈앞에 우뚝 솟아 밤바다를 가리고 있었기 때문이다. 해명도 진줏빛 언덕에 막혀 이 정도로 무시무시하지는 않았다. 벌거벗은 해변에, 벌거벗은 바다, 벌거벗은 해명.

나는 혼란에 빠졌다. 그 멋진 사구는 어디 갔나? 황급히 주위를 둘러보았지만 사구는 그림자도 없었다. 나는 그냥 모래사장에 서 있었다.

덜컥 겁이 났다. 사색하는 사이에 수백 년의 시간이 지난 건지도 모른다. 이 나라에 전해진다는 민담이 생각났다. 바다 밑 파라다이스에 초대되어 거북이를 타고 가 그곳에서 즐겁게 지냈던 어부는 뚜껑을 열어서는 안 된다는 말과 함께 함을 선물로 받아 지상으로 돌아온다. 파라다이스에서 겨우 며칠 보낸 줄 알았는데 지상에서는 오랜 세월이 흐른 뒤라, 아무도 어부를 기억하지 못한다. 금단의 함을 연 어부는 자신이 단번에 수십 살 늙어 노인이 됐음을 깨닫는다.

나는 허둥지둥 내 손이 쭈글쭈글해지지 않았는지 확인했으나, 달빛 아래에서는 작은 주름도 뚜렷하게 팬 것처럼 보였다. 나는 뺨을 문지르고 벌거벗은 발을 확인하며 우스꽝스러울 정도로 당황해서 여관으로 돌아왔다.

그러나 여관으로 돌아와보니 나간 지 겨우 세 시간밖에 안 됐기에 나는 어안이 벙벙한 한편 크게 안도했다. 하지만 사구가 사라진 것은 납득할 수 없었다. 다시 한번 돌아가서 확인하고 싶었지만, 밤도 이미 늦었거니와 어쩐지 무섭기도 해서 그날 밤은 그냥 자기로 했다.

이튿날 아침, 아침도 먹는 둥 마는 둥 다시 나가본 것은 말할 것도 없으리라.

사구는 멀쩡하게 있었다.

기억 속에서와 다름없이 거대한 벽, 거대한 곡선, 거대한 존재감으로.

나는 한층 더 혼란에 빠졌다. 어젯밤 내가 사구에서 잠이 들어 꿈이라도 꾼 건가? 그러나 나는 분명히 수평선을 보고, 모래사장을 보고, 온몸에 해명을 들썼다. 그건 대체 무엇이었나. 나는 대체 무엇을 본 것인가. 그것은 여태 판명되지 않았다.

"으음, 명쾌한걸. 사구가 진짜 사라진 거네."

다몬은 팔짱을 끼고 몇 번 고개를 주억거렸다.

"그래, 사라졌어."

이미 온갖 가능성을 생각해봤는지 도모에는 지긋지긋하다는 목소리로 말했다.

이야기에 열중하는 두 사람을 전시실에서 나온 젊은 커플이 의아한 표정으로 바라보며 뒤로 지나갔다. 그들도 영사실로 들어갔다.

다몬은 하늘을 우러렀다.

"물리 트릭? 실은 누가 약을 먹여 잠재워서는 어디 다른 해변으로 몰래 옮긴 거야."

"하지만 헤매지 않고 여관으로 돌아왔으니까 그렇게 생판 엉뚱한 곳일 리는 없다고."

"밀물이 들어서 지형이 달라졌다든지."

"밀물이 들었다고 사구가 사라지진 않아."

"그러게."

다몬은 으음, 하며 생각에 잠겼다.

그러더니 불현듯 검지를 들었다.

"제일 가능성이 큰 건, 본인도 조금은 의심하는 것 같은데 사구에서 잠이 들어 사구가 없어지는 꿈을 꿨다는 설이야."

"나도 가끔 가다 꿈속에서 꿈을 꾸긴 해. 그렇지만 그 경우 한 번 더 깨야 하잖아? 그런데 그랬다는 부분은 없다고. 퍼뜩 정신이 들어 사구가 없다는 걸 깨닫고 그대로 허둥지둥 숙소로 돌아왔으니까."

"그럼 그것도 꿈이란 건 어때? 밤중에 사구에 간 것부터가 전부 꿈. 그래, 그거라면 설명이 되네. 처음부터 밤중에 사구에 가지 않았던 거야. 사구에 갔다가 사구가 사라지는 꿈을 꾸고 숙소로 돌아왔다, 하는 꿈을 꾼 거지. 아침에 일어나서 다시 한번 사구로 가 봤다는 건 현실. 그러니까 사구는 멀쩡하게 있어."

"에이, 그것도 이상해. 그럼 그 전에 잠자리에 드는 이야기가 있어야 하잖아."

"사구의 인상이 하도 강렬해서 그게 꿈이었다는 걸 모르는 거 아냐? 실제로 그런 일이 있다고. 여행 중에 갔던 곳이 워낙 인상적이라 그곳에 대한 선명한 꿈을 꾸곤 꿈이 실제 체험이라고 생각하는 거지."

"난 그런 체험 한 적 없어."

"난 있는데."

"이 사람은 없을걸. 과학자잖아."

도모에는 책 표지를 내려다보더니 불현듯 중얼거렸다.

"그래. 어쩌면 일부러 그랬을 가능성도 있겠네."

"뭐가?"

"의도적으로 어느 한쪽을 쓰지 않았을 가능성 말이야."

"어느 한쪽이라니?"

"그러니까 잠자리에 든 부분을 생략했거나, 잠이 깬 부분을 생략했거나."

"그 경우 어느 쪽이건 실은 꿈을 꿨다는 결론으로 흐르는데."

"응. 그러니까 베자르는 왜 그 부분을 생략했느냐는 거지."

"왜 그랬을까."

"그 점을 생각해봐야 해. 게다가 무슨 굉장한 물리 트릭이 있었을 가능성도 아직 완전히 배제할 순 없고."

"……저."

별안간 머리 위에서 목소리가 들려왔다.

다몬과 도모에는 움찔해서 얼굴을 들었다.

뒤에서 조금 전 지나갔던 젊은 커플이 머뭇머뭇 두 사람을 보고 있었다.

"네, 무슨 일이시죠?"

다몬이 느긋하게 대답했다. 도모에는 살짝 허둥댔다.

"혹시 우리가 시끄러웠나요? 미안해요. 이야기에 열중하는 바람에."

"아뇨, 그런 게 아니라요. 말씀하시는데 방해해서 죄송해요."

여자 쪽이 쩔쩔매며 물었다.

"잠깐 무엇 좀 여쭤보고 싶은데요, 아까 저기 영사실에 남자가 들어갔죠?"

다몬과 도모에는 마주 보았다.

예술계 청년. 호리호리하고 검은 옷을 입은 남자.

"그러고 보니 아까 뒤로 지나갔지?"

"응, 영사실로 들어갔어. '뒤집힌 다이센' 방 말이죠?"

"그렇죠? 직원분도 그렇게 말씀하셨는데요."

여자애는 당혹한 듯 난처한 표정으로 남자친구를 보았다.

직원.

다몬은 복도 안쪽을 보았다.

정면에 여자 직원 둘이 아까부터 수다를 떨며 서 있다. 내내 움직이지 않고 그 자리에 있었다.

"그런데 없어요."

이번에는 남자 쪽이 입을 열었다.

"아까 저쪽 전시실에 저희가 갔을 때 그 남자분도 있었는데 그분이 먼저 나갔거든요. 그런데 손수건을 떨어뜨렸더라고요. 저희가 나오다가 발견해서 찾아주려고 직원분한테 물었어요. 그분은 어느 쪽으로 갔느냐고요. 그랬더니 영사실로 들어갔다고 하더라고요."

"네, 맞아요."

"그 뒤로 나오는 걸 보셨나요?"

"아뇨. 나왔으면 반드시 여기를 지났을 텐데요."

다몬과 도모에가 앉은 의자 뒤에 1층으로 내려가는 계단이 있었다. 영사실에 드나들거나 밖으로 나가려면 그 계단을 이용할 수밖에 없다. 즉, 그가 영사실에서 나왔다면 두 사람의 뒤를 반드시 지났어야 한다.

커플은 더욱 당혹한 표정을 지었다. 여자는 손에 든 남성용 타월 손수건을 꺼림칙한 듯 내려다보았다.

"그런데 없지 뭐예요. 영사실에, 아무도."

커플은 주뼛거리는 눈으로 다몬과 도모에를 보았다.

"정말요?"

두 사람은 일어나 영사실로 들어갔다. 출입구가 두 개 있지만, 어느 쪽으로 드나들건 다몬과 도모에의 뒤를 지날 수밖에 없다. 영사실은 그냥 상자라 네모난 의자가 많이 놓여 있을 뿐 숨을 만한 곳은 없다.

그러나 영사실에는 분명히 아무도 없었다. 벽, 그리고 천장 근처의 창뿐이다. 한눈에 텅 비어 있음을 알 수 있는 방이었다.

"없네."

"말도 안 돼."

다몬과 도모에는 또다시 마주 보았다.

"아까 분명히 지나갔지?"

"응, 거기 유리에 우리 뒤로 지나가는 모습이 비쳤고 그 사람이 영사실로 들어가는 것도 봤는걸."

"나도 봤어."

다몬은 머릿속의 영상을 되감아 재생했다.

그래, 분명히 뒤로 지나갔다. 직접 본 것은 아니지만 눈앞의 유리에 비쳤으니 틀릴 리 없다. 게다가 영사실로 들어가는 모습은 직접 봤다.

"어디로 간 거지?"

"세상에, 어째 무섭다."

커플은 얼굴이 창백해졌다. 여자가 든 것은 검은색과 갈색의 양면 손수건이었다.

넷이서 낮은 목소리로 소곤거리는 것을 미심쩍게 생각했는지, 복도 안쪽에 있던 두 여자 직원이 다가왔다.

"무슨 일이시죠?"

"그 사람이 없어요."

"아까 그 관람객 분 말씀이신가요?"

"네."

두 여자 직원이 영사실로 들어가 아무도 없는 것을 확인했다.

"두 분은 아까부터 계속 저 자리에 계셨죠?"

도모에가 두 직원에게 확인했다.

"네."

두 사람은 고개를 끄덕였다. 직원들은 내내 시야 끄트머리에 있었으니 움직이지 않은 것이 분명하다.

"그럼 저희 뒤를 지나서 영사실로 누가 드나들었다면 못 보셨을 리가 없겠네요."

"네. 아까 그 관람객 분이 영사실로 들어가시는 걸 봤는데, 그 뒤로 나오시는 건 못 봤어요. 아무도 나오지 않았어요."

시선의 밀실.

다몬은 예전에 어떤 추리소설에서 읽은 말이 생각났다.

사각死角은 없다. 모두가 영사실 출입구를 무의식중에 감시하고 있었다.

"그럼 그 사람은 대체 어디로 간 거지?"

여섯 사람은 여우에 홀린 듯한 얼굴이 되었다. 누가 '실은 여기 있었어요'라고 말해주기를 기다리는 듯한 기묘한 표정으로 서로의 얼굴을 주뼛주뼛 둘러보았다.

그러나 그 뒤로도 결국 청년을 발견하지 못했다.

"사라진 게 늘어났네."

돌아오는 길에 다몬이 택시에서 중얼거리자, 도모에는 기묘한 눈빛으로 그를 보았다.

"다몬 씨 탓 아냐?"

"뭐? 그게 왜 내 탓인데?"

다몬은 당황했다.

"다몬 씨와 같이 있으면 이상한 일이 생기잖아."

도모에는 자못 당연하다는 어조로 딱 잘라 말했다.

다몬은 불만스레 이의를 제기했다.

"말도 안 돼. 지금까지 어쩌다 몇 번 그런 일이 있었을지는 몰라도 늘 그런 건 아니라고. 게다가 아직 모두 착각했을 가능성도 배제할 순 없잖아."

"착각은 아닐걸. 여섯 명이 보고 있었단 말이야."

도모에는 뒤로 등을 기댔다.

다몬도 덩달아 등받이에 몸을 맡겼다.

아닌 게 아니라 기묘한 사건이었다. 명백히 밀실 상태의 공간에서 청년 한 명이 연기처럼 사라진 것이다.

우리는 일상생활에서 '사라졌다'는 말을 쉬이 한다.

그러나 실제로 사람이나 물건은 그렇게 간단히 사라지지 않는다. 관광지 주차장 구석에 몰래 버린 컵라면 그릇, 강둑으로 날아간 빵 봉지, 책상 틈으로 떨어진 클립이나 영수증 쪼가리는 누가 치우거나 구해내거나 불이라도 붙이지 않는 한(아니, 심지어 불탄 뒤에도) 결코 사라지지 않는다. 인간도 죽어 흙이 되지 않는 한, 어디선가 사람 한 명분의 공간을 차지하고 호흡하며 계속해서 존

사구 피크닉

재하고 있을 것이다.

그러나 여섯 명이 테이블을 둘러싸고 있는 상황에서 아무도 일어난 사람이 없고 문도 열린 적이 없는데 테이블 위에 있던 접시가 어느새 사라졌다면, 그것은 역시 초자연 현상이라는 것 외에 달리 표현할 방법이 없다.

그때 여섯 명의 표정.

다들 다른 사람의 눈치를 살피고 있었다. 이게 대단히 기묘한 사건인지, 아니면 그저 착각인지, 어느 쪽에 대한 반응을 보여야 할지 몰라 제각각 망설이고 있었다.

그러나 뭔지 모를 기이한 느낌, 일상의 바깥쪽에서 불어드는 싸늘한 외풍이 그들에게 공포를 심어준 것은 분명했다.

여자들은 "세상에" "무서워라" 하고 수선을 피우는 척했지만, 그것도 진짜 공포를 감추기 위한 연기임은 모두 잘 알고 있었다. 그들은 이 사건을 농담으로 돌리기 위해 구역을 분담해서 관내를 돌며 청년을 찾았지만, 결국 청년의 흔적은 발견되지 않았다.

들어오려면 입장권을 사야 하다보니 안내 데스크에 있는 사람도 그를 기억하고 있었다. 즉, 청년이 들어온 것은 분명했지만, 안내 데스크와 같은 1층에 있는 기념품 상점 담당자에게 물어도 그가 나가는 모습을 목격한 사람은 아무도 없었다. 큰 미술관에서는 들고 나는 사람의 수를 양쪽 모두 체크하지만, 이곳은 규모가 그렇게 크지 않다보니 판매된 입장권 수는 헤아려도 나가는 사람 수는 확인하지 않았다. 그가 관내에서 사라져버렸다는 사실과 어긋

나지는 않았다.

"아무리 봐도 숨을 만한 곳은 없었어. 화장실까지 들여다봤겠다."

도모에는 혼잣말처럼 중얼거렸다.

결국 사무실에 있던 다른 직원들까지 총동원해서 미술관 곳곳(문이 잠긴 작품 창고까지)을 뒤졌으나 아무것도 발견하지 못한 채 폐관 시간이 되었다. 다몬을 비롯한 네 관객은 찜찜한 기분을 떨치지 못한 채 여우에 홀린 표정으로 미술관을 뒤로했다.

저물기 시작한 하늘에 다이센 산이 또렷한 윤곽을 보이며 떠 있었다.

참 넓은 하늘이다. 주위에 눈에 띄는 산이 없다보니 그 실루엣이 더욱 선명하다.

"어째 저것도 없애버릴 수 있을 것 같은걸. 보를 덮었다가 확 벗기면 저런, 신기하기도 하지, 산이 없네."

다몬은 두 팔을 휙 벌렸다.

"한번 없애봐. 새로운 트릭으로."

도모에가 무관심한 어조로 중얼거렸다.

사라진 청년의 수수께끼가 마음에 걸리기는 했지만, 일단 호텔로 돌아온 두 사람은 밤거리로 나가 적당한 주점을 찾았다.

거리에 사람은 많지 않다. 이상하게도 번화가의 중심처럼 보이는 곳이 없는 데다 음식점들이 점점이 흩어져 있는 탓에 갈 곳을 정하기가 쉽지 않았다. 그렇지만 막상 들어가보면 어느 곳이나 느낌이 좋고 의외로 손님이 많은 데다 젊은 사람들도 보였다.

모둠회를 포함해 안주 몇 가지를 주문하고 나니 그제야 정신이 드는 것 같았다.

가게 맨 안쪽 카운터 구석에 자리잡은 두 사람은 입안에서 우물우물 건배를 한 뒤 각각 생각에 잠겼다. 도모에는 금연이 아님을 확인하고는 담배부터 꺼내 불을 붙였다.

"여기 편하고 좋네."

다몬은 카운터 위에 팔꿈치를 얹고 턱을 괴었다.

"응. 어렸을 때 집 구석진 데서 공부했을 때가 생각나."

도모에가 자기 이야기를 하는 일은 좀처럼 없다. 다몬은 무심코 그녀를 보았다.

"도모에 씨네 부모님은 뭘 하셨어?"

"조그만 직물 공장. 공장 옆에 살림집 겸 부모님 공방이 있었고 그 한구석이 어린애 공간이었어."

"애들은 어른의 기척이 느껴지는 곳에서 제일 차분하게 공부할 수 있지."

카운터 뒤에서는 머리에 수건을 쓴 요리사들이 분주하게 움직이고 있었다.

"그러게. 직조기의 리듬이 몸에 배어들었는걸. 어른이 뭔가에 몰두해서 일하는 옆에서 그 기척을 느끼면서 방치될 때가 집중이 제일 잘 되더라고."

"실제로 그런 상황에서 공부하는 애들이 성적이 더 좋다는 모양이야. 그래서 요새는 '머리 좋은 애가 자라는 집'이라고 일부러 거실하고 연결된 공간에 애들 학습 공간을 만든 집이 인기라나."

"어째 그거 순서가 뒤바뀐 것 같기도 한데."

도모에는 담배 연기를 후 내뿜었다.

"난 메르세데스 아줌마네 부엌이 생각나는걸."

다몬이 회가 담긴 큰 접시를 받으며 중얼거렸다. 도모에가 신음을 내뱉었다.

"메르세데스라니 이름도 참 거창하지."

"그쪽에선 흔한 이름이거든. 동네에 카르멘이랑 오필리아가 버글거렸다고. 우리 집은 식구가 아버지하고 나밖에 없는데 아버지는 일 때문에 늦어지니까, 저녁은 대체로 동네 어느 집 식탁에 껴서 해결했거든. 메르세데스 아줌마는 워낙 화통한 성격인 데다 그 집은 대가족이어서, 노인이건 어린애건 식구들도 나 하나쯤 더 낀다고 아무도 신경쓰지 않았어. 당시엔 거의 유랑이나 다름없는 상태였으니 이 집 저 집 다니면서 밥을 얻어먹었지."

"알 것 같아. 다몬 씨는 늘 '열린' 상태잖아."

"아아, 그렇군."

다몬은 고개를 끄덕이면서도 내심 도모에가 자기를 관찰하고 있었다는 데 놀랐다.

열린 상태.

도모에의 말에 촉발된 양 문득 의식이 멀어졌다.

떠들썩한 부엌, 모락모락 피어오르는 김과 지글지글 기름 끓는 소리, 바닥에 드러누운 개, 출입구 타일 틈새에 핀 빨간 꽃. 지금은 멀어진 풍경이 떠오른다.

도모에의 목소리가 들렸다.

"그러면서 어디에 있어도 닫혀 있을 수 있단 말이지. 다몬 씨는 툭 터놓는 것 같지만 속마음은 전혀 드러내지 않으니까."

"드러낼 속마음이 없을 뿐이야."

"응, 그럴 수도 있어."

"그렇게 대뜸 긍정할 건 없잖아."

다몬은 쓴웃음을 지었다.

여행 중의 이런 시간이 싫지 않다. 아니, 언제나 정신이 들어보면 낯선 땅 한구석에서 이런 시간을 보냈던 것 같다. 아주 친한 것은 아니지만 그런대로 편안한 누군가와 세계의 비밀에 관해 이야기를 주고받았던 것 같은 기시감이 느껴진다. 지난번, 반년 전, 일 년 전의 상대는 누구였을까. 그곳에 늘 누가 있어 세계의 비밀을 속삭여준다.

도모에가 속삭이려는 것도 그런 걸까. 그 거대한 누에고치 같은 사구에, 앙리 베자르의 책에, 세계의 비밀이 숨어 있을까.

밤의 늪 같은 청색 유카타를 입고 어두운 사구에 홀로 선 남자의 모습이 문득 뇌리를 스쳤을 때, 다몬은 저도 모르게 물었다.

"앙리는 독신이었어?"

도모에의 얼굴에 물음표가 떠올랐다. 그렇지만 그녀는 이내 대답했다.

"젊었을 때는 결혼해서 아들까지 뒀는데 헤어졌어. 그 뒤로는 내내 혼자 살았고."

"왜 헤어졌는데?"

"연구에 전념하느라 집에 거의 가지 않은 데다 가끔씩 훌쩍 여행을 떠나는 성격이었나봐. 물론 아내로선 견디기 힘들지. 어느 날 정나미가 떨어져서 집을 나간 모양이야. 아내가 아들을 데리고 친정으로 가버린 걸 나가고 나서 한 달도 더 돼서 알았다나."

"저런. 그렇군. 어느 날 집에 가봤더니 가족이 '사라진' 셈이네."

도모에는 의미심장한 표정으로 다몬을 보았다.

다몬은 그녀의 시선을 받아냈다.

"저 말이지, 앙리가 이곳에 왔을 때 묵었던 여관은 분명히 여자 혼자 꾸리는 여관이었을 거야."

"뭐?"

다몬이 난데없이 이야기를 시작하자 도모에는 어리둥절한 듯했으나, 그는 여느 때처럼 아랑곳하지 않고 담담히 말을 이었다.

"책에 그런 말이 있었잖아, 사구에서 정신이 들었을 때 여관 주인이 걱정하는 게 아닐까 싶었다고."

"아, 응, 그랬지."

도모에도 자기가 읽은 부분이 생각난 모양이다.

"하지만 왜 그게 여주인이라는 건데?"

사구 피크닉 | 213

"앙리가 우라시마 다로*를 떠올렸으니까."

"우라시마 다로……."

"걱정했던 사람은 앙리 쪽이었던 거야. 용왕의 딸이 사라졌으면 어떡하나 하고."

"여주인이 용왕의 딸인 거야?"

다몬은 고개를 끄덕했다.

"유카타를 입는 법에 대한 설명도 있었잖아? 그거, 어쩐지 여자한테 배웠다는 생각이 들거든. 어쩌면 유카타를 벗었다 도로 입는 상황이 있었을지도 몰라."

"오오, 거기까지 상상한단 말이지. 정사가 있었다?"

"그래. 안 그러면 맨 먼저 우라시마 다로를 연상하진 않았을 것 같거든."

"꽤나 확신이 있어 보이는걸."

"메르세데스 아줌마 덕택일지도."

다몬이 웃으며 말했다.

도모에는 눈을 깜박였다. 여기서 왜 메르세데스 아줌마가 등장하는지 이해하지 못하는 것이리라.

"분명 앙리는 상당히 여러 가지를 생략하고 '사구가 사라졌다'라는 한마디로 끝낸 거야."

---

* 앙리 베자르가 이야기한 일본 민담의 주인공인 어부 우라시마 다로를 말하는 것.

"무슨 소리야?"

도모에가 몸을 앞으로 내밀었다.

"음, 이건 어디까지나 내 멋대로 상상한 것일 뿐이고 설명하기 좀 껄끄럽지만."

다몬이 머리를 긁적이자 그녀가 부루퉁한 목소리로 대꾸했다.

"뭐야, 똑바로 이야기해봐. 그것 때문에 여기 온 거란 말이야."

"난 어렸을 때 어머니랑 헤어졌잖아?"

도모에는 또 다몬의 이야기가 맥락 없이 우회한다고 생각했는지 보일 듯 말 듯 눈썹을 곤두세웠지만, 그래도 참을성 있게 이야기를 받아주었다.

"몇 살 때였어?"

"초등학교 들어간 해."

"그 이래로 아버지랑 단둘이 살았단 말이지."

"응. 일본에 돌아왔을 때는 자주 만났지만. 그러니까 그 뭐야, 성인 여자의 몸에 면역이 거의 없었던 거야."

"아하. 그래서?"

"메르세데스 아줌마는 글래머여서 말이지, 내가 신세지던 무렵엔 피둥피둥 살이 쪘지만 젊었을 때는 상당히 육감적인 미녀였던 모양이야. 그런데 그게 뭘 하고 있을 때였는지, 아줌마가 옷을 갈아입는 건지 목욕하는 건지, 아무튼 그 장면을 봤단 말이지."

"그래서 그 육감적인 몸매에 뇌쇄됐다고?"

다몬은 난처한 표정으로 고개를 갸웃했다.

"그렇긴 한데, 다른 의미에서 엄청 놀랐거든."

"다른 의미? 그런 게 있어, 그런 상황에서?"

"그야 여자 알몸을 보고 놀란 것도 있었겠지만, 그때는 그게 아니었어. 저기, 크레이터의 착시란 거 알아?"

"크레이터라니, 달의 크레이터 말이야?"

"응."

도모에는 점점 더 다몬의 이야기를 따라가지 못하는 것처럼 보였다.

다몬은 천장을 보며 이야기를 명확하게 이어가려고 노력했다.

"음, 빛이 드는 방향에 따라 사실은 움푹 팬 크레이터가 두둑한 산으로 보이는 현상이 있거든. 물론 그 반대 패턴도 있고. 두둑한 산이, 빛이 다른 방향에서 비치면 꼭 푹 꺼진 것처럼 보이는 거야."

"설마."

도모에는 다몬을 물끄러미 보았다.

다몬은 안도한 표정으로 고개를 끄덕였다.

"그래. 난 그 현상을 메르세데스 아줌마의 가슴으로 체험했던 거야. 저녁때였는지, 램프 불빛인지 뭔지를 받아 가슴이 쑥 들어간 것처럼 보이는 바람에 얼마나 놀랐는지."

도모에는 한숨을 푹 내쉬었다.

"그런 이야기였구나. 아이고야, 대체 무슨 결말일까 했네."

그녀는 지친 얼굴로 부스럭부스럭 담배를 꺼냈다.

"그야 놀랄 만도 하겠지. 안 그래도 면역이 없는 순진한 소년이

여체의 신비와 조우하는 순간이었으니."

담배에 불을 붙인 도모에는 별안간, 눈을 둥그렇게 뜨고 그 자리에 얼어붙은 다몬 소년이 눈앞에 떠올랐는지 입을 가리고 웃음을 풋 터뜨렸다.

다몬은 어쩐지 창피한 생각이 들어 진지한 목소리로 말했다.

"그러니까 앙리는 분명히 그 사구를 보고 여자의 몸을 상상했을 거라, 이 말이야."

"그러게."

도모에는 여태 어깨를 부들부들 떨며 웃고 있었다. 그러더니 이윽고 더는 못 참겠는지 몸을 뒤로 젖히더니 배꼽을 쥐고 웃었다.

"아닌 게 아니라 그렇네. 그 부드러운 곡선, 희고 매끄러운 모래. 그야말로 〈트윈 픽스〉를 떠올려도 이상할 것 없겠어."

"바로 그거야."

일찍이 일세를 풍미했던 데이비드 린치의 TV 드라마 〈트윈 픽스〉. 트윈 픽스는 두 봉우리가 나란히 솟은 풍경에서 따온 마을 이름인데, 유방 한 쌍을 의미하기도 한다.

다몬은 밤의 사구를 떠올렸다. 메르세데스 아줌마가 지모신地母神처럼 다부진 나체로 달빛 아래 누워 있는 모습을 상상했다.

그때 다몬이 자기 알몸을 보고 있다는 것을 알아차린 아줌마는 그에게 씩 웃어 보였다.

메르세데스 아줌마는 한 손으로 머리를 받치고 누운 자세로 입을 크게 벌리고 웃고 있다.

힘이 넘치는 윤곽의 관능적인 곡선에 싸늘하고 커다란 그림자가 드리워져 있다.

"달밤에 그 사구가 내려다보이는 곳에 있으면, 빛의 방향이며 모래가 쏠리는 위치에 따라선 우묵땅으로 보일 수도 있지 않을까. 그 현상을 '사라졌다'고 하는 게 아닐까 싶거든."

"그렇구나."

도모에는 만족스레 고개를 끄덕였다.

"즉, 오랜 세월 동경해온 나라 일본에 온 프랑스 홀아비 앙리는, 걸핏하면 몽상에 빠지는 나쁜 버릇이 발동해 밤의 사구에서 멍청하게 있다가 정신이 들었어. 하늘엔 아름다운 달님. 눈앞엔 요염한 곡선을 그리는 사구. 그만 방금 전까지 탐닉하던 미녀의 몸뚱이가 생각나서 욕망이 불끈거리는데, 불현듯 이것이 환상은 아닐까 불안해진 거야. 이 나라에 와서 들은 전설 속에서, 용궁에서 즐거운 시간을 보냈던 우라시마 다로의 처지에 자기를 대입하고는, 과거에 시간 가는 줄도 모르고 몽상하는 버릇 때문에 잃었던 처자식처럼 이번에도 용왕의 딸이 사라졌으면 어쩌나 조바심이 났다, 이 말이지?"

도모에가 너무나도 노골적으로 이야기를 정리했다.

다몬은 쓴웃음을 지으면서도 동의했다.

"말하자면 그런 거라고 생각해. 그러니 회상록에 자세히 쓸 수 없었던 게 아닐까."

꼭 야한 책을 갖고 있다가 여자 형제에게 들킨 고등학생 같은 기분이다.

"어쩌면 이렇게 낭만적인 이야기가 다 있을까요. 다몬 씨는 역시 기대를 저버리지 않으시는군요."

도모에는 다몬에게 연기를 후 내뿜으며 끈끈한 시선으로 그의 얼굴을 바라보았다. 그 말이 의미하는 바가 경멸인지 납득인지는 판단이 서지 않았다.

밖으로 나오니 역 쪽에서 노랫소리가 들려왔다.

스무 살쯤 된 청년이 길바닥에 앉아 기타에 맞춰 혼자 노래하고 있었다. 젊은이 대여섯 명이 먼발치에서 노래를 듣고 있다.

직업상 무심코 멈춰서서 노래를 귀 기울여 듣게 된다. 원석과 마주치는 일이 좀처럼 없다는 것은 알지만.

"어때, 팔리겠어?"

도모에가 농담조로 물었다.

목소리는 나쁘지 않다.

"모르겠어. 하지만 남들 앞에서 노래하고 싶다는 마음은 사랑스러운걸."

"사랑스럽다."

도모에가 나지막이 되뇌었다.

"어떻게 할까? 밤의 사구에 가보겠어? 앙리가 본 걸 볼 수 있을지도 모르는데."

다몬의 제안에 도모에는 고개를 가로저었다.

"아냐, 됐어. 상상해보는 것만으로 충분해. 다몬 씨의 설, 그건 그것대로 묘하게 사실성이 느껴지고 말이야."

"그래?"

"일단 만족했어."

"그거 다행이군."

다몬도 어쩐지 자신의 연상이 비록 저속할지언정 진실이라는 생각이 들었다.

호텔을 향해 선득한 밤길을 걸어가자 노랫소리가 조금씩 멀어졌다.

"문제는 미술관에서 사라진 남자 쪽이네."

"뭐?"

다음 날, 두 사람은 사구가 있는 T정에서 그리 멀지 않은 K라는 곳을 걷고 있었다. 사구는 이미 충분히 봤으니 돌아갈 시간까지 한나절이 비었다. 어떻게 시간을 때울까 의논한 끝에 K에 있는, 최근 활발하게 재평가를 받으며 작품이 연이어 드라마로 제작됐던 추리 작가 M의 기념관을 구경하기로 했다.

복잡하게 미로 같은 골목이 이어지는 오래된 아케이드는 마침 점심시간이라 식사를 하러 우르르 몰려나온 회사원들로 복작복작했다. 두 사람도 요기를 하기로 했다.

"다몬 씨, 여태 그 생각 하고 있었어?"

"응. 궁금하잖아."

손님이 잠시 뜸해진 틈을 타서 작은 중국 음식점에 들어간 두 사람은 중국 냉면을 주문했다. 여자 혼자서 꾸리는 카운터 좌석뿐인 집인데, 인테리어도 어쩐지 여성적이다. 손님도 혼자 온 여자들이 대부분이다. 인접한 다른 가게에서는 손님이 죄 남자였건만, 이곳에서는 다몬이 유일한 남자다. 역전. 다몬은 머릿속으로 중얼거렸다. 손님의 남녀 비율이 역전되었다. 이 문장이 어째 마음에 걸리는데 이유가 뭘까.

냉면이 나왔다. 달짝지근한 참깨 국물이, 어쩐지 옛날 생각이 나는 맛이다. 여주인은 카운터 뒤에서 빠른 속도로 주문을 소화하면서도, 그 앞에 앉아 뭔가를 절절이 호소하는 사무원인 듯한 젊은 여자에게 "그러게, 맞아" 하며 고개를 끄덕이고 있었다.

"난 다몬 씨가 사구의 수수께끼를 멋지게 풀어낸 데 정신이 팔려서 그만 잊어버렸지 뭐야."

도모에는 다소 빈정거림을 담아 중얼거렸다.

"그러니까 나머지 하나도 해결하고 싶잖아."

"뭐, 가능하다면 말이지. 하지만 난 역시 그냥 못 보고 놓친 거라고 생각해. 어라, 이거 면이 제법 튼실한걸. 보기보다 양이 꽤 되겠어."

둘이서 후루룩후루룩 면을 먹었다.

"그 뒤로 무슨 새로운 전개가 있었을까."

도모에는 정말로 전날 있었던 사건에 관심을 잃은 모양이다.

"지방지엔 기사가 안 났던데."

"미술관에서 사람이 사라졌다고? 아무렴 그런 기사가 나올 리 없잖아."

"그야 그렇지만."

도모에는 어처구니없다는 표정으로 계산을 마쳤다. 두 사람은 밖으로 나왔다.

위가 참깨 국물을 흡수한 면으로 묵직해진 탓에 자연히 걸음이 느려졌다. 졸음도 덮쳐왔다.

M의 기념관은 성터 공원 한구석에 있었다. 사회파 미스터리로 불리는 장르를 개척한 사람이라 그런지 기념관은 중후한 석조 건물이었다. 입구 벽면을 가득 메운 지금까지 출간된 책들의 표지가 장관이다.

"이렇게나 많단 말이야?"

"이 사람, 마흔두 살에 데뷔했다지? 세상에, 믿기지 않아. 지금 우리 또래잖아. 어휴, 앞으로 이렇게 일을 많이 해야 하다니, 생각만 해도 싫네."

가벼운 마음으로 구경할 생각이었는데, 막대한 작품량에 압도되어 그만 자료를 열심히 보게 되었다. 고대사와 쇼와 시대를 소재로 한 작품을 다수 발표한 만큼 그가 남긴 자료의 양도 엄청나다.

"일도 참 많이도 했네. 죽기 직전까지 썼다지?"

"아이디어가 용케 이렇게나 많았어."

재미있게도 작품을 집필했던 집을 고스란히 이곳에 이축해놓았다. 지하 2층까지 땅을 파고 그 공간에 집을 이축해, 위에서도 집을 조감할 수 있게 되어 있다. 그 옆에는 유리벽 안쪽에다 서고를 똑같이 재현해 밖에서 장서를 볼 수 있게 해놓았다.
"의외로 엔터테인먼트 계열도 많이 읽었군."
"내 책꽂이를 이런 식으로 남들이 구경하면 난 싫을 것 같은데."
둘이서 속닥거렸다.
"기껏 모은 자료인데 열람할 순 없나?"
"글쎄, 어떠려나."
영상으로 장서의 책등 일람을 볼 수 있다는 것을 보면, 열람이 가능할지도 모른다.
"집을 이축하는 거 쉽지 않았을 텐데."
다몬은 드라마 세트 같은 일본식 가옥을 올려다보았다. 작업실로 썼다는 2층 방도 같은 높이의 회랑에서 볼 수 있게 되어 있다.
도모에는 천장을 올려다보며 중얼거렸다.
"그나저나 어째 이상하네. 집 안에 집이 있다니. 서고는 꼭 거죽을 홀랑 벗겨서 뒤집어놓은 것 같아."

'뒤집다.'

다몬은 무의식중에 그 말에 반응했다.
수면에 비친 뒤집힌 다이센.

영사실 벽에 비친 뒤집힌 다이센.
사진. 음화와 양화. 반전. 뒤집히다.
남녀 손님 비율의 역전.
크레이터의 착시. 두둑이 솟았는지, 푹 꺼졌는지.
사구 그림자.
온갖 것이 머릿속에 쓱 떠올랐다.

"그렇군."
뜻밖에 큰 목소리가 튀어나오는 바람에 도모에가 움찔해서 다몬을 돌아보았다.
"왜? 무슨 일이야?"
"아, 아무것도 아냐."
"깜짝 놀랐잖아."
"미안."
천천히 전시물을 돌아보면서도 다몬은 생각에 잠겨 있었다.

사람을 사라지게 하는 이유는 무엇인가.
그 사람을 주목하게 하기 위해서다.

난 역시 그냥 못 보고 놓친 거라고 생각해.
도모에의 무관심한 목소리가 되살아났다.
그래, 그녀 말대로 우리는 그때 못 보고 놓쳤다.

그 거뭇한 옷을 입은 청년, 혼자 왔던 청년이 돌아가는 모습을.

더 정확히 말하자면, 혼자 영사실로 들어간 거뭇한 옷을 입은 청년이 겉옷을 뒤집어 입고 나와서, 여자의 일행으로 우리에게 말을 건넨 것을.

혼자 와 있던 관람객, 커플 관람객. 직원들도, 우리도, 그때 미술관에 있던 손님을 관람객으로 인식했다. 개인이 아니다. 거뭇한 옷을 입은 남자 관람객 한 명, 그리고 커플. 어디까지나 그런 기호로 인식한 데 불과하다.

혼자 영사실로 들어간 거뭇한 옷을 입은 남자. 전시실로 들어간 커플.

이야기에 열중해 있었던 우리는, 여자가 말을 걸었을 때 남자가 옆에 있으면 당연히 아까부터 같이 있던 남자라고 생각할 것이다. 얼굴은 제대로 보지도 않았다. 커플이라는 기호로 기억했을 뿐이니 전시실로 들어간 커플과 같은 조합이라고 생각한다. 게다가 검은 옷을 입지 않았다면 더욱.

그런데도 그녀는 만일을 위해 우리의 주의를 손수건에 끌었다. 직원까지 끌어들여 영사실에 들어간 검은 옷을 입은 남자를 주목하게 했다. 물론 그녀는 '지금' 영사실에 아무도 없다는 것을 알고 있다. 알면서 '아무도 없는' 영사실로 우리 모두를 데려간 것이다. 이유는 명백하다.

앞서 그녀와 함께 전시실로 들어간 남자가 혼자 안에서 작업하고, 모든 사람이 영사실로 들어간 틈을 타서 도망칠 수 있게 하기 위해서다.

즉, 세 사람은 한패였던 것이다. 비성수기의 평일, 손님이 뜸한 때를 노린 것이 분명하리라. 의자에 눌러앉아 수다 떠는 우리가 방해가 됐는지도 모른다. 그 자리에서 전시실 안이 일부 보이기 때문이다. 아니면 그곳이 아닌 다른 곳으로 시선을 향하게 하고 싶었을 수도 있다.

목적은 무엇이었는지 모른다. 오리지널 프린트를 갖고 싶은 팬인가, 아니면 달리 하고 싶은 일이 있었나.

다몬은 오늘 아침 읽은 조간의 기사를 떠올렸다.

아닌 게 아니라 도모에의 말처럼 '사람이 사라졌다'는 기사는 없었지만, 다른 기사는 있었다. 설비에 이상이 생겨 점검을 위해 U 미술관이 오늘 임시 휴관을 한다는 기사가.

안에서 무슨 일이 벌어졌던 건가. 어제 있었던 일과 오늘 휴관은 과연 관계가 있을까. 아니면 자신의 망상일까.

도모에는 서고의 장서를 열심히 들여다보고 있다.

다몬은 이 이야기를 도모에에게 해야 할지 알 수 없었다. 그녀의 주된 목적이었던 사구 사건은 이미 해결된 데다, 그녀는 이 사건에 이미 관심을 잃었다.

조명이 비추는 콘크리트 상자 속의 일본식 가옥.

문득 세트 같은 집 저편에서 파도 소리가 들려오는 듯했다.

메르세데스 아줌마의 사구가 파도 소리와 더불어 눈앞에 우뚝 솟았다.

파도 소리라고 생각했던 것은 메르세데스 아줌마의 웃음소리다.

난 아직 세상 물정 모르는 철부지인가봐요, 아줌마.

다몬은 거대한 사구가 되어 우뚝 솟은 메르세데스 아줌마에게 나직이 말했다.

The Discontinuous Circle

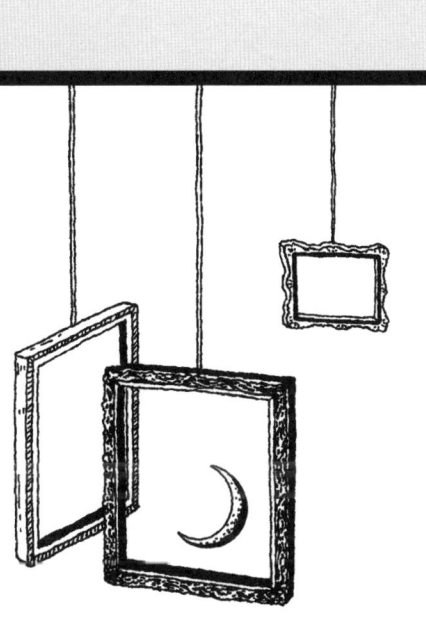

새벽의
가스파르

밤의 열차 차창에 비치는 얼굴이 데스마스크처럼 보일 때가 있다.

예전에 초등학교를 다닐 적에 새벽 3시에 거울에 비치는 얼굴이 죽었을 때 얼굴이라는 시시한 소문이 돌았는데, 다몬의 생각에는 야간열차 창문에 비치는 얼굴도 그런 것 같다.

열차는 묘하게 인생과 오버랩된다.

종합상사 영업사원이었던 아버지. 다몬은 아버지가 직장에서 다양한 평가를 받으며 양지와 음지를 모두 경험한 탓에 그에게 소년기의 인상 대부분은 아버지와 새로운 곳으로 이동하던 기억으로 남아 있다.

이동 중인 아버지와 어린 아들은 모성본능을 자극하는지, 그때마다 여자 승객들이 다몬에게 친절을 베풀었다. 게다가 다몬의 아버지는 평소 복장에 신경쓰지 않는 사람이었던지라 다몬에 대해서도 마찬가지였다보니, 야간열차에서 만난 승객들은 하나같이 초라한 차림새의 다몬을 보고 분개했다.

그중에서도 인상에 남은 한 장면이 있다. 언제 있었던 일이고 어디서 어디로 가는 열차였는지는 이미 잊어버렸지만, 고요한 밤 열차 안에서 가난해 보이는 노파, 아니, 좀더 솔직히 말하자면 평소 온갖 장면에서 학대 받으며 보내고 있을 세월이 무참하리만큼 얼굴에 새겨진, 소수민족으로 보이는 노파가 그에게 축복 같기도 하고 저주 같기도 한 시간을 선사한 적이 있다. 묘하게 사실적이면서도 우화 같은 기묘한 시간. 그건 대체 무엇이었을까.

"뭐 해, 다몬?"

별안간 자기를 부르는 목소리에 다몬은 허둥지둥 목소리의 임자를 돌아보았다. 오랜 사랑도 단숨에 싹 식어버릴 것처럼 매섭게 생긴 구로다의 눈이 보였다.

"아니, 그냥."

"밖에 뭐 보여?"

구로다는 다몬이 그랬던 것처럼 차창 밖으로 눈길을 주었다.

바깥은 칠흑 같은 어둠이다. 이따금 보이는 차단기 불빛 말고는, 아무리 눈에 힘을 주고 봐도 보이는 게 없다.

"데스마스크."

다몬은 창유리를 톡톡 쳤다.

"하지 마."

구로다가 대뜸 얼굴을 찡그렸다.

다몬이 뜻밖이라는 표정을 짓자, 구로다는 어깨를 으쓱하고 설명했다.

"난 고무공하고 유리창 치는 소리가 질색이라고."

"아, 그래. 무서운 이야기가 싫다는 건 아니군."

"그야 당연하지. 이런 여행에 참가했는데."

구로다는 또다시 어깨를 으쓱하고는 발길을 돌려 걷기 시작했다. 보아하니 자판기에서 맥주를 잔뜩 사들인 모양이다.

덜컹덜컹 흔들리는 열차 통로는 마치 맞거울을 보는 듯 어지럼증을 일으킨다.

"얼른 오라고. 밤은 짧아."

구로다가 멍하니 서 있는 다몬을 채근했다. 다몬은 휴대전화를 닫아 주머니에 넣었다. 방에 짐을 갖다놓고 전화 몇 통 걸러 나온 지 겨우 몇 분밖에 안 됐는데 채근이라니, 성격도 급하다.

"맥주는 뭐하러 그렇게 많이 샀어? 위스키하고 와인도 갖고 왔는데."

"체이서야."

구로다는 재단이 잘된 셔츠를 입은 어깨를 또 한 번 으쓱하고 걷기 시작했다.

말랐지만 탄력 있는 근육이 붙은 구로다의 등을 보며 다몬도 따라갔다. 캐주얼한 복장을 싫어하는 구로다는 언제나 풀을 빳빳이 먹인 셔츠를 단정하게 입고, 셔츠 자락은 당연히 정장 바지 속에 넣어 고급 벨트를 맨다. 풀먹인 셔츠도, 정장 바지도 싫어하는 다몬과는 대조적이다.

게다가 그들은 내일 아침 도착할 다카마쓰에 사누키 우동을 먹으러 가는 길이다. 찌는 듯이 더운 일본의 여름과 풀 먹인 셔츠는 어울릴 것 같지 않건만, 구로다는 자신의 스타일을 바꿀 마음이 없는 모양이다.

아담하고 깨끗한 객실로 돌아오니, 트윈 침대에 책상다리를 하고 앉은 두 남자는 이미 멋대로 술자리를 시작한 뒤였다. 밤 10시에 출발한 이 열차에 타기 전 그들은 이미 도쿄 역 구내의 이탈리아 음식점에서 아라카르트로 주문한 음식을 안주 삼아 이미 두 시간가량 마셨다.

"어휴, 안주 냄새가 아주 진동하는군. 내 방이 아니라 다행이다."

구로다가 입을 열자마자 거침없이 말했다. 구로다와 다몬은 옆 2인실을 쓴다.

"냉방이 엄청 세네. 춥지 않아?"

다몬은 냉장고 같은 공기에 몸서리치며 찬 바람이 나오는 통풍구에 눈길을 주었다.

"괜찮아, 괜찮아. 술 들어가면 더워질 테니까."

그렇게 말하며 손을 팔랑팔랑 흔드는 사람은 빡빡머리에 둥근 테 안경을 쓰고 피둥피둥 살찐 오노에다. 나이를 짐작할 수 없는 관록이 느껴지는 그는 푸른 반소매 셔츠에 반바지 차림이다. 아닌 게 아니라 이런 몸이라면 춥지는 않을 것 같다. 오히려 얼굴이며 팔 등 노출된 부위에서 그가 발산하는 열이 느껴질 지경이다. 인간의 신체를 발전기로 쓸 수는 없을까. 오노에 같은 사람은 꽤 많은 열량을 방출할 것 같은데.

"사내 넷이 있기엔 딱 좋을 거야."

또 한 사람은 렌즈에 색을 옅게 넣은 안경을 쓰고 펑크스타일의 검정 티셔츠에 흰 바지를 입은, 딱 밤의 세계에 살아가는 분위기의 남자다. 빨간 머리는 어느 나라의 수상처럼 사자 갈기 같은 것이, 한눈에도 영락없이 음악업계 사람이다. 그렇지만 실상은 이 남자, 미즈시마는 의사다. 업계에서는 상당히 유능한 외과의로 명성이 자자한 모양이다. 다몬은 처음 그를 소개 받았을 때, 굳이 말하자면 데즈카 오사무의 만화《블랙 잭》에 나오는 안락사 전문의 닥터 기리코를 닮았다고 생각했다.

이렇게 작은 야간열차 객실에 성인 남자 넷이 얼굴을 맞대고 있는 모습은 기이한 광경이었다.

"자, 그럼 얼른 시작하자고."

오노에가 중얼거리며 바닥에 놓인 봉지에서 화이트 와인을 꺼냈다. 도쿄의 밤은 더워서, 도쿄 역에서 찬 것을 샀는데도 벌써 물방울이 송골송골 맺혀 있었다.

"누구부터 시작할까?"

"이럴 땐 제비뽑기지."

오노에는 주머니에서 연필을 꺼냈다.

"연필이라니, 어째 벌써 정겹군."

구로다가 감개 어린 목소리로 중얼거렸다.

"그래? 악보 그릴 때 난 역시 연필이라."

사실 뮤지션은 오노에다. 예술대 작곡과를 졸업한 작곡가인데, 현대 음악부터 팝, 영화음악에 이르기까지 폭 넓게 소화한다. 다몬은 전부터 그를 알기는 했지만 실제로 만난 것은 이번이 세번째다. 이렇게 보니 외양과 일치하는 일을 하는 사람은 음반사에 다니는 다몬 정도인 것 같다. 늘 단정한 차림새인 구로다는, 도쿄 지방 검찰청 검사라는 그다지 우아하지 못한 하드한 직업을 갖고 있다.

"이걸 굴려서 제일 작은 숫자가 나온 사람부터 시작하자고."

오노에는 맞은편에 앉은 미즈시마에게 연필을 내밀었다.

조그만 몽당연필을 자세히 보니 끄트머리를 깎아 육 면에 사인펜으로 숫자를 써놓았다.

"그래, 이런 거 있었지. 시험 볼 때 주사위 대용이었어."

미즈시마가 연필의 숫자를 유심히 살펴보았다. 오노에가 나지막이 중얼거렸다.

"이 연필은 내 부적이거든."

"저런."

미즈시마가 누름 초밥 뚜껑 위에 연필을 굴렸다. 4가 나왔다.

"자."

미즈시마가 구로다에게 연필을 건넸다. 구로다가 굴렸다. 또 4가 나왔다.

구로다에게 연필을 받은 다몬은 3.

마지막으로 굴린 오노에가 2.

"뭐야, 난가."

오노에는 중얼거리더니 와인이 든 플라스틱 컵을 단숨에 비웠다.

세상에는 하여간 취향이 별난 사람들이 있다.

다몬은 구태여 둘로 나누자면 자기도 별난 축에 든다고 생각하지만, 그보다 더한 사람이 있었다. 다몬을 제외하고 여기 모인 세 사람은 죄 다몬과는 차원이 다르게 바쁜 사람들이건만, 일부러 귀중한 휴가를 써가며 야간열차에서 밤새워 괴담을 이야기하려 하고 있으니 말이다. 사누키 우동은 이를테면 덤이고, 이튿날 오후에는 비행기로 도쿄로 돌아와야 한다.

다몬은 이 세 사람과 그렇게 친한 것은 아니었으나, 무난한 성격 덕분인지 오노에가 그를 네번째 멤버로 불렀다. 가나가와의 한 고등학교 동창이라는 그들은 다몬보다 두 살이 많다.

"야간열차, 딱 좋잖아?"

전화로 오노에는 불쑥 그렇게 말을 꺼냈다.

"뭐에?"

다몬이 느긋하게 묻자 오노에는 간단하게 대답했다.

"무서운 이야기 하기에."

"엥?"

새벽의 가스파르 | 237

다몬이 어리둥절해하자, 오노에는 이번 계획을 설명하고 함께 하지 않겠느냐 제안했다. 대단히 터프하고 냉정한 성격인 오노에는 남을 끌어들이는 재주가 있다. 다몬은 저도 모르게 대번에 승낙하고 말았다.

무서운 이야기.

그런 것은 굳이 찾지 않아도 주위에 얼마든지 뒹굴고 있다. 사고, 지진, 병, 구조조정, 스토커, 석면. 그러나 요새 실록 괴담이 점점 더 인기를 끄는 것은, 고전적인 유령이나 저주 이야기가 오히려 향수를 자극하고 누구나 공유할 수 있어 안도감을 주기 때문이 아닐까. 세계가 이토록 세분화되어 세대 및 집단 간에 가치관의 차이가 현저해진 지금, 공유할 수 있는 것은 공포감뿐인지도 모른다.

무슨 이야기를 할까?

다몬은 회사에서 집합 장소인 도쿄 역으로 오는 길에 멍하니 생각했다.

음악업계에는 괴담이 많으려니와, 그들이 자기를 끼워준 것도 그런 업계 괴담을 원하기 때문이 틀림없다. 처음에는 '듣다보면 죽고 싶어지는 목소리'를 가졌다는 보컬리스트 이야기라도 할까 생각했지만, 뒷맛이 아주 좋지 않고 기분 나쁜 사건이었으므로 좀 더 나이를 먹은 뒤에 옛날이야기로 하는 편이 낫겠다고 생각을 바꾸었다.

아내가 보내는 사진 이야기를 할까. 사적인 이야기는 피하는 게 좋은가.

 그런 생각을 하다 말고, 다몬은 자신이 오랜만에 잔 생각을 했다는 것을 깨닫고 동요했다.

 그의 아내는 프랑스 사람으로, 일본 문화를 연구한다. 다몬은 그런 아내에게 일방적으로 열렬하게 사랑받은 끝에, 반강제로 소유되다시피 결혼했다. 그런데 일 년 쯤 전에 별안간 아내가 프랑스로 돌아가더니 오늘까지 소식도 없고 돌아올 기미도 없는 상황이었다.

 다몬은 당황하기는 했지만, 아내가 대단히 논리적이고 총명하면서 동시에 별안간 예기치 못한 행동을 할 때도 있다는 것을 익히 알고 있었던지라 처음에는 그냥 두었다. 그러나 소식이 끊긴 채 다몬이 연락을 취하려 해도 그녀가 거부하는 상황이라, 아무리 그래도 이대로는 곤란하겠다 싶어 프랑스까지 찾아갔다. 그런데 그녀는 그곳에도 없었다.

 프랑스의 본가로 돌아왔다가 금세 다시 떠난 모양이었다. 유럽을 여기저기 여행하는 중이라 가족과도 연락이 안 되는 듯, 당황하는 다몬 앞에서 그녀의 가족도 곤혹했다. 처음에는 다몬이 무슨 잘못이라도 저질렀나 의심하는 것 같았지만, 다몬으로서는 짚이는 데가 전혀 없었다. 그의 성격을 아는 장인 장모도 그 점은 믿어주었으나, 그들도 딸의 태도는 설명이 되지 않는 듯했다. 결국 그의 프랑스행은 오랜만에 처가 식구들을 만나는 것으로 그쳤다. 그 뒤로도 아내는 친구들의 집을 전전하는 모양인데, 여태 연락이 되지 않은 채 기묘한 별거 상태가 계속되는 중이다.

그런데 최근 들어 대략 한 달에 한 번 꼴로 띄엄띄엄 폴라로이드 사진이 항공우편으로 날아들기 시작했다. 이름은 쓰여 있지 않지만 잔이 보낸 게 틀림없다. 편지도 없이 달랑 사진만 봉투에 들었다. 촬영한 곳을 알 수 있는 게 아니라, 길가의 꽃이라든지 버려진 종이컵, 나뭇가지 등등 평범한 것을 찍은 사진이다. 혹시 무슨 메시지가 담긴 걸까 한동안 고민했지만 아무리 생각해도 설명이 되지 않아, 지금은 그저 아아, 또 왔군, 하며 봉투를 뜯고 사진을 바라볼 뿐이다.

아내는 어떻게 하고 싶은 걸까. 헤어지기를 원하나, 데리러 오기를 원하나. 수수께끼를 내는 건가, 고발을 하는 건가.

아내의 방과 둘이 함께 찍은 사진을 보며 하루의 시작과 끝을 멍하니 보내는 것이 최근 들어 생긴 다몬의 습관이었다.

대단히 어정쩡한 상태였으나, 원래 다몬은 어정쩡한 상태에 있어도 아무렇지도 않은 사람인 탓에 '어떻게든 해야 하는데'라고 생각하는 동시에 '어째 나답군, 이 상태'라고도 생각했다.

"왜 그렇게 멍하니 있어, 다몬."

구로다가 쿡 찌르는 바람에 다몬은 퍼뜩 정신이 들었다. 순간 열차의 흔들림과 몸의 흔들림이 겹쳐 흡사 허공에 붕 뜬 듯한 기묘한 느낌이 들었다.

"아니, 아무것도 아냐."

"하여간 재미있는 친구라니까."

구로다는 정색하고 중얼거렸다.

"마누라 생각하고 있었지?"

오노에가 씩 웃으며 하는 말에 다몬은 움찔했다. 오노에는 그의 반응을 보고 더욱 히죽거렸다.

"저 봐, 내 말이 맞지."

"어떻게 안 거야?"

"그 멍한 눈, 어딘지 모를 불안과 권태. 불혹을 맞은 남자의 표정에 어두운 그림자를 드리우는 것, 그게 여자가 아니고 뭐겠어."

"시적이군."

미즈시마가 무시하는 투로 중얼거렸다.

"그쪽 이야기가 더 재미있을 것 같은데. 다몬, 네가 먼저 이야기해라."

오노에가 손바닥 위에 연필을 굴리며 재촉하자 구로다가 얼굴을 찌푸렸다.

"가정 문제는 괴담이 아니잖아. 자기 문제를 상담하려고 모인 것도 아닌데."

"……아니, 어쩌면 괴담일지도 모르지."

다몬이 그렇게 중얼거리자 세 사람이 그를 보았다.

"역시 특이한 친구야."

구로다가 다몬의 컵에 와인을 따랐다.

다몬은 현재 자신이 처한 상황을 설명했다. 일 년 가까이 얼굴을 보지 못한 아내, 우편으로 배달되는 폴라로이드 사진. 세 사람은 그의 이야기를 잠자코 들었다.

"아닌 게 아니라 호러인데."
"굳이 따지자면 사이코의 영역 아닌가?"
이야기를 마치자 미즈시마와 구로다가 마주 보며 중얼거렸다.
"그 사진, 지금 있어?"
오노에가 탐색하는 듯한 눈초리로 다몬을 보았다.
"없는데. 아니, 잠깐."
다몬은 그렇게 중얼거렸다가 허둥지둥 나일론 가방을 자기 쪽으로 끌어당겼다. 얼마 전에 나가는 길에 우편물을 꺼내 그대로 가방에 처박아 놓은 게 생각난 것이다.
"있을지도 몰라."
평소 별로 쓰지 않는 바깥 주머니에 봉투가 들어 있었다. 내내 들고 다녔던 탓에 약간 구깃구깃해졌다.
가장 최근 사진. 어느 카페의 테이블인 것 같다. 커피를 다 마신 컵과 받침을 찍었다. 새끼손가락에 반지를 낀 손과 유로화 동전도 구석에 보인다.
세 사람은 이마를 맞대고 사진을 응시했다.
"흠."
"아닌 게 아니라 장소는 모르겠군."
"그렇지만 너, 앞으로 어쩔 생각이야?"
구로다가 노골적으로 물었다. 직업의 영향인지 단도직입으로 질문하는 사내다.

"글쎄. 어쩌면 좋을까 몰라."

다몬은 여전히 남 일처럼 대답했다. 구로다가 어이없다는 표정을 지었다.

"데리러 오기를 원하는 거 아닌가? 그럼 좀더 힌트가 될 만한 게 있어도 될 것 같은데 말이지."

미즈시마가 사진을 구석구석 뜯어보며 중얼거렸다. 뒤집어보기도 하며 뭔가 숨은 힌트가 없는지 찾고 있다.

"그냥 헤어져버려. 네가 여기 있다는 것 자체가 벌써 끝났다는 증거라고. 찾으러 갈 마음이 없다면 헤어지는 편이 낫지."

구로다는 냉담하게 말하고는 캔맥주를 땄다.

구로다는 한 차례 이혼한 전력이 있고, 미즈시마는 네 아이의 아버지다. 두 사람의 반응에 실생활이 반영된 것 같아 다몬은 웃음이 났다.

"다몬, 봉투도 좀 보자."

오노에가 손을 내밀었다. 다몬이 구겨진 봉투를 건네자 진지한 눈으로 열심히 살펴본다. 그 눈빛을 본 다몬은 어쩐지 몹시 불안해졌다.

"무슨 힌트라도 있어?"

미즈시마가 놀리듯 묻자 오노에는 "글쎄" 하며 웃었다.

"하지만 이 사진을 보니까 나한테도 사진이 있다는 게 생각났어."

오노에는 자기 배낭을 끌어당겨 카드 케이스를 꺼냈다.

새벽의 가스파르 | 243

"넣어놨다는 것도 잊어버렸지 뭐야."

그는 카드 케이스에서 작은 사진 한 장을 빼냈다.

"뭐야, 이게."

이번에는 다몬과 구로다와 미즈시마가 사진을 들여다보았다.

어느 정원일까. 환한 햇살이 쏟아지는 덤불 사이에 세 살쯤 된 앳된 소녀가 서 있다.

오노에는 옅은 미소를 지었다.

"심령사진이야."

오싹해진 세 사람은 무심코 사진에서 얼굴을 떼었다.

"어디가? 어디가 심령사진이란 거냐?"

"싸리 덤불 사이에 여자가 서 있는데 안 보여?"

"뭐?"

다몬은 눈에 힘을 주고 들여다보았다.

아직 사진에 디지털 기술이 도입되기 전에 찍은 것이리라. 살짝 흐릿해진 낡은 사진이었다. 앞쪽에 있는 파란 깅엄체크 원피스를 입은 소녀는 입을 약간 벌리고 어쩐지 불안해 보이는 표정으로 카메라를 보고 있다.

뒤쪽의 나무들은 부옇게 흐리다. 어렴풋이 보이는 보라색 꽃으로 미루어보건대 싸리 덤불 같다. 커다란 덤불 두 개가 겹친 것처럼 보인다. 원근감이 느껴지지 않아 위치 관계를 파악하기 힘들다. 싸리 꽃이 핀 것을 보면 여름이 끝나갈 무렵이리라.

덤불 너머로도 부지가 이어지는 듯, 멀리 나무들이 보이고 빛이 비치는 것을 알 수 있었다.

"정말인데."

미즈시마가 중얼거렸다. 평소 사진을 보며 진단하는 데 익숙해서 그런지 화상 해독이 빠른걸. 다몬은 엉뚱한 부분에 감탄했다.

"어디."

다몬이 미즈시마에게 묻자, 그는 오노에 앞에 뒹굴고 있던 연필을 집어 심으로 사진의 한 부분을 가리켰다.

아닌 게 아니라 그러고 보니 누가 있었다.

레몬색인지 흰색인지 모를 원피스를 입은 것처럼 보인다. 긴 생머리를 늘어뜨린 여자가 싸리 덤불 너머의 빛 속에 서 있었다.

"이게 유령이야?"

미즈시마가 묻자 오노에는 고개를 끄덕였다.

"양달에 서 있는 유령이라니 흔치 않은걸. 누군데, 이 여자?"

"이 애 엄마."

오노에의 대답에 미즈시마는 "이 애는?" 하고 거북한 표정으로 그를 보며 물었다.

"난 내 딸이라고 생각하는데, 모르지."

"어? 네 부인, 지금 이탈리아에 있는 거 아니었어?"

구로다가 물었다. 오노에의 아내는 소프라노 가수로, 현재 이탈리아에 살면서 유럽에서 활동 중이다. 오노에는 일본에서 격무를 소화하는 터라 여름휴가 때나 아내를 만날 수 있다고 한다. 두 사람 사이에는 아들 하나가 있는데, 평소에는 오노에의 어머니가 돌봐주는 모양이다.

오노에는 담배에 불을 붙이더니 빈 캔에 손을 뻗어 곁에 갖다 놓았다.

"학생 때 사귀던 여자가 있었거든. 섬세한 성격이라 마음의 병을 앓다가 자살했는데, 죽기 전에 딸을 낳았어. 난 내 아이라고 생각해서 데리러 갔는데, 보아하니 정신적으로 불안했던 시기에 꽤 많은 남자하고 관계를 가졌는지 내 아이가 아닐 거라고 부모가 넌지시 비추더군."

"저런. 그런 이야기는 처음 듣는걸. 그게 이 애냐?"

그런 말을 듣고 보니, 이 어린 여자애도 어쩐지 신경이 예민해 보인다.

"뭐, 그래도 납득할 수 없어서 날 닮은 데가 없나 싶어 몇 번 찾아갔는데 부모가 성가셔하는 거야. 이건 마지막으로 만나서 이제 오지 말란 말을 들었을 때 찍은 사진이야."

"그랬더니 죽은 애 엄마가 찍혀 있더라?"

"그렇지."

"하지만 얼굴은 안 보이잖아. 이런 머리 모양에 이런 옷을 입은 여자는 어디에나 있을 것 같은데."

현실주의자인 구로다가 언제나 그렇듯 거침없이 말했다.

오노에는 쓴웃음을 지었다.

"상관없어. 난 애 엄마가 딸을 보러 온 거라고 생각하니까."

"네가 학생 때 생긴 딸이라면 벌써 꽤 컸겠는걸."

"순조롭게 컸으면 지금쯤 대학생이겠지."

"그 뒤로는 안 만났고?"

"어디 사는지도 몰라."

다몬은 사진을 또다시 자세히 뜯어보았다.

빛이 친 장난이라고 해석하지 못할 것도 없다. 여자가 있다고 하면 있는 것도 같지만, 아무것도 없다고 해도 수긍할 수 있을 사진이다.

그러나 그곳에서 여자의 모습을 보고 일찍이 알던 얼굴을 발견하게 되는 데서 다몬은 인간이란 존재의 불가사의함을 느꼈다. 터프하고 잔머리에 능한 타입의 오노에가 그런 사진을 내내 소중하게 간직하고 다닌다는 데에도.

"좋은 이야기야."

다몬이 중얼거리며 사진을 돌려주자, 오노에가 의아한 표정으로 다몬을 보았다.

"좋은 이야기?"

"그렇잖아. 엄마가 딸을 보러 오고 그 사진을 오노에가 찍었다니, 엄청 좋은 이야기잖아."

오노에는 맥이 풀린 듯한 웃음을 지었다.

열차가 덜컹 하고 크게 흔들렸다. 전철기를 통과했나보다.

다몬은 창밖으로 시선을 돌렸다. 열차는 천천히 달리고 있다. 지금 지나치는 곳이 주택지인지 아닌지는 밝은 차내에 익숙해진 눈으로는 잘 알 수 없었다. 창밖을 보는 자신의 얼굴, 그리고 오노에와 미즈시마의 등이 어두운 창유리에 비쳤다.

저건 데스마스크일까?

다몬은 멍하니 이쪽을 보는 자신의 얼굴을 응시했다.

창 저편에 있는 것은 죽은 이다. 문득 그런 생각이 머리에 떠올랐다. 창 저편에서는 죽은 이가 된 자기들이 괴담을 나누고 있다. 죽은 이들의 괴담. 어째 모순되는걸.

"안 돼, 다몬."

돌연히 구로다가 팔을 홱 잡아당기는 바람에 다몬은 눈을 껌벅였다.

"뭐가?"

"난 네가 그렇게 창문을 보고 있으면 불안해진다고."

구로다가 씁쓸한 어조로 말했다.

"그러고 보니 아까도 그런 말을 했지."

다몬은 통로에서 그가 불렀을 때를 떠올렸다.

"노크 소리가 싫다고 했던가?"

"창문을 치는 소리가 싫어."

"무서운 이야기냐?"

오노에가 몸을 앞으로 내밀었다.

"무서운 이야기지."

"오, 그거 좋은데. 자, 해봐. 레드 와인으로 할래, 아니면 위스키로 할래?"

병이 빈 것을 보고 오노에가 아이스박스로 손을 뻗었다. 그는 아이스박스에 얼음까지 준비해왔다.

"난 레드 와인 마시련다."

미즈시마는 종이봉투로 손을 뻗었다.

"난 위스키. 얼음 좀 줘."

구로다가 오노에에게 컵을 건넸다. 위스키 향과 담배 냄새. 어쩐지 학창시절 동아리 방에 있는 것 같았다.

"맨 처음은 초등학교 때였지."

구로다는 서두도 떼지 않고 느닷없이 이야기를 하기 시작했다. 이런 점도 그답다.

"오후 수업이었어. 난 맨 뒷줄 창가 자리였고. 그런데 누가 창유리를 친 거야."

"정원사, 아니면 선생님이군."

미즈시마가 헤살을 놓았다. 구로다는 부루퉁한 얼굴로 고개를 흔들었다.

"우리 집은 아버지가 전근을 많이 다녀서 말이야. 거기는 해변에 있는 초등학교였어. 창밖은 벼랑이고."

"그럼 누가 쳤단 말이야?"

"몰라. 처음엔 새라도 있나 했지. 그런데 아무도 없었어. 바다만 펼쳐져 있을 뿐."

"좋은 곳이군."

"그날은 한겨울이었고 바다가 거칠었지만 말이지."

눈앞에 정경이 떠올랐다. 살풍경한 바다. 탁한 회색 파도가 부서지고, 살벌한 수평선이 무거운 구름 아래 뻗어 있다.

　창가 자리에 턱을 괴고 앉은 소년. 아마도 신경질적이고 다감한 소년이었을 구로다.

"그런데 누군가 창유리를 쳤다?"

"그래. 톡, 톡, 하고 두 번."

"바람이라든지, 나뭇가지가 부딪쳤다든지."

"아냐."

구로다는 즉각 단언했다.

"누가 밖에서 주먹으로 유리창을 친 거였어."

"어떻게 그렇다고 단언할 수 있는 건데?"

"그 뒤 그 소리를 여러 번 들었으니까."

"노크 소리를?"

"그래. 그 소리를 들으면 늘 안 좋은 일이 생긴단 말이지."

구로다의 목소리가 낮아졌다.

"안 좋은 일?"

구로다는 잠시 말을 머뭇거리더니 오노에에게 담배를 달라고 했다.

"아아, 이 이야기는 안 할 생각이었는데."

"얼른 말해."

오노에가 불을 붙여주며 채근했다.

"맨 처음 들었을 때, 한 동네에서 같이 등하교하던 애가 그다음 날 못에 빠져 죽었어. 언 곳에 올라섰다가."

다몬은 갑자기 등골이 서늘해졌다. 소름이 끼친 것이다.

"……지금까지 그 소리, 몇 번쯤 들었어?"

역시 오싹해진 듯한 미즈시마가 물었다.

"네 번쯤 될까."

"그렇게나 많이?"

"나머지 세 번은 어떻게 됐고?"

오노에는 누가 듣는 것도 아닌데 목소리를 낮추었다.

"두번째는 기르던 개가 트럭에 치여 죽었어."

구로다는 여전히 담담하게 이야기를 계속했다.

"그때는 우리 어머니도 들었으니 틀림없어. 누가 집 창문을 치는 소리를 둘이서 듣고 어머니가 누군지 보러 밖으로 나갔는데 아무도 없길래 그것 참 이상하네, 했으니까."

"노크는 두 번?"

"그랬던 것 같아."

"그다음은?"

갑자기 구로다의 얼굴에서 표정이 사라졌다.

다들 그 표정에 흠칫하는 것을 알 수 있었다. 인간다움이 일체 떨어져나간 얼굴.

가면 같은 얼굴이라고나 할까. 한순간 그가 일할 때의 얼굴을 본 듯한 기분이 들었다.

"그건 말 못 하겠는걸."

구로다의 서슴없는 말에 다들 '어?' 하는 표정이 되었다.

"어쨌든 그때는 버스를 타고 있었는데 노크를 하더군."
"버스 창문을?"
"그래."
"달리는 중이었는데?"
"출발하기 직전이었지."

어쩐지 섬뜩한 생각이 들어 아무도 그 뒤를 묻지 못했다. 물어도 구로다가 대답하지 않았겠지만.

대체 세번째의 '안 좋은 일'은 무엇이었을까. 좁은 방 안에 어색한 공기가 감돌았다. 다들 같은 생각을 하고 있으리라.

"그리고 네번째는 우리 어머니가 병원에 입원했을 때였고. 화장실에 갔는데 그 소리가 들리더군. 그래서 아아, 어머니가 돌아가시겠구나, 하고 알았어."

구로다의 담담한 태도 탓에 무서움이 배가되었다. 대체 세번째에는 무슨 일이 있었던 건가. 육친이 죽은 이야기는 할 수 있으면서.

"소리뿐이고 모습은 못 본 거지?"
"으음, 손을 쑥 빼는 걸 한 번 본 것 같긴 해. 그림자가 휙 움직인 것처럼. 그런 것 같았다는 거지, 실체를 본 건 아니지만."
"누구냐, 그 녀석?"
"몰라. 그래서 난 가급적 창가 자리엔 앉지 않아. 그 소리를 또 듣기는 싫으니까. 듣고 나면 이번엔 무슨 일이 일어날지 걱정하지 않을 수 없잖아. 그 때문에 난 창문이 있고 조용한 장소는 좋아하지 않아."

다몬은 아닌 게 아니라 싫겠다고 생각했다. 다른 두 사람도 구로다가 처한 상황을 상상하고 같은 생각을 하고 있을 게 틀림없다.

무심코 앉은 찻집이나 레스토랑 창밖에서 똑똑, 메마른 노크 소리가 들린다. 평소에는 잊고 살지만 귀에 들러붙어 있는 그 소리. 고개를 들면 아무도 없다. 되살아나는 공포와 후회. 이번에는 대체 무슨 일이 일어날 것인가?

"잘못 들었을 가능성은 없나? 무슨 안 좋은 일이 일어난 뒤에, 나중에 갖다붙이는 식으로 들은 것처럼 느껴진다든지."

오노에가 미심쩍은 목소리로 말했다.

"그건 아냐. 이상하게도 의식하고 있을 땐 안 들리거든. 완전히 잊어버리고 있을 때 기습적으로 들린단 말이지. 소리를 들으면 꼭 며칠 이내로 무슨 일이 생기고."

"자기가 치는 거 아냐?"

미즈시마가 중얼거렸다.

"뭐?"

구로다가 눈을 크게 뜨고 미즈시마를 보았다. 미즈시마는 컵에 든 레드 와인을 쭉 마셨다.

"사람이 초조하거나 그러면 행동에 나타나게 마련이야. 다리를 떤다든지, 그야말로 손가락으로 테이블을 친다든지 말이야. 넌 '불길한 예감'이 남보다 더 발달된 거야. 무의식중에 무슨 일이 일어날 걸 예감하고 자기도 모르게 몸이 반응하는 거지. 나 아는 의사 중에도 그런 친구가 있거든. 담당 환자가 위태롭겠다는 걸 예감하면 무의식중에 입게 되는 옷이 있다는 거야. 간호사가 지적할 때까지 자기가 그러는 걸 몰랐다더군."

"내가 창문을 치는 거라고? 그럼 어머니하고 같이 들은 소리는?"

"글쎄. 정말 누가 찾아왔던 건지도 모르지. 네가 무슨 수를 썼는지도 모르고."

미즈시마가 서슴없이 대답했다.

"게다가 그러면 설명이 된다고. 그 소리를 안 들었을 때는 딱히 나쁜 일은 일어나지 않아. 무슨 일이 일어날 거라고 느낄 때는 무의식중에 창가 자리에 앉아서 창문을 쳐. 그러면 소리를 들을 때마다 나쁜 일이 일어난다는 걸 설명할 수 있지 않나?"

미즈시마는 어깨를 으쓱했지만, 구로다는 납득할 수 없다는 표정이었다.

"뭐, 이 모임의 취지는 해결하는 게 아니니까. 하지만 이거 어째 그럴싸해졌는걸."

오노에가 구로다를 달래면서도 기쁜 표정을 지었다.

"뭐가?"

구로다가 언짢은 표정으로 물고 늘어지자 오노에는 "괴담의 밤이 말이야" 하고 웃으며 대답했다.

"물론 의사의 세계엔 괴담이 많겠지? 뭐니 뭐니 해도 생사의 최전선이니."

그러고는 그런 말로 미즈시마에게 이야기를 재촉했다. 미즈시마는 고개를 끄덕했다.

"그야 많지. 난 그냥 흘려듣지만. 특히 난 자르고 붙이는 게 전문이고, 스피드 승부니까 그런 이야기는 별로 없어."

미즈시마는 자기 컵에 와인을 따랐다. 다몬도 문득 단것이 당기기에 미즈시마에게 컵을 내밀자, 즉각 듬뿍 따라주었다.

"그렇게 딱 잘라서 없다고 하지 말라고. 그래도 뭔가 있을 거 아냐?"

오노에가 불만스레 중얼거리며 자기 컵에 얼음을 넣었다.

"으음, 설명 불가능한 일은 있었지만."

"그거면 돼."

미즈시마는 잠자코 어떤 순서로 이야기할지 생각하는 것 같더니 이윽고 입을 열었다.

"급환이었어. 이십대 후반 회사원. 한창 뛰어다녀야 하는 영업직인데 몸이 안 좋은 걸 줄곧 참았던 모양이야. 그러다가 접대 골프 뒤에 가진 회식 자리에서 느닷없이 피를 토하며 쓰러지는 바람에 응급실로 실려와서 바로 수술에 들어갔어."

"고객이 놀랐겠어."

"클럽하우스에서 별안간 피를 토했다면 뒷맛이 그보다 나쁠 수 없을 테니 거래는 물 건너갔군."

다몬과 구로다가 가차 없는 헤살을 놓았다.

"원인은 위에 생긴 종양이 파열된 거였어. 골프 치면서 몸을 비틀 때 터진 모양이야. 그렇지만 종양도 양성이겠다, 잘라내버리면 문제는 없을 성싶었어."

미즈시마는 담담히 말을 이었다.

"그런데 개복해서 종양을 떼어내다가 다들 놀랐어."

"왜?"

"파열된 종양 속에 머리카락이 들어 있었던 거야."

"헉!"

그때까지 마음 편히 듣고 있던 세 사람은 반사적으로 뒤로 물러났다.

"머리카락이라니."

"아무리 봐도 본인 게 아니었어. 긴 갈색 생머리. 여자 머리 같았어. 그게 한 뭉텅이 들어 있었던 거야."

미즈시마는 두 손을 가볍게 맞잡아 그 양을 표시했다.

다들 섬뜩한 듯 그것을 보았다.

"어이구야. 머리카락은 정말 싫은데."

다몬은 몸서리를 쳤다.

"머리카락은 소화가 쉽게 안 될 거야. 아파트 배수구를 청소하러 온 사람이 머리카락은 엄청나게 튼튼해서 다른 건 약품으로 녹아도 머리카락만은 그 어떤 독한 약품으로도 안 녹는다고 하던데."

구로다의 말에 미즈시마가 고개를 끄덕였다.

"난소낭종 같은 경우 낭종 속에 머리카락이나 뼈, 내장의 일부가 들어 있기도 한데 말이지."

"태아가 되다 말았다는 뜻이야? 임신했다가 그렇게 됐다고?"

다몬이 의아스레 묻자 미즈시마는 고개를 저었다.

"아니, 그렇지 않아. 임신하지 않았어도 그런 때가 있어."

"어? 임신한 게 아닌데도 그런 게 생긴단 말이야?"

"정자는 어디까지나 스위치일 뿐이고, 그것 말고는 여자 혼자 전부 갖출 수 있다는 이야기야. 클론도 세포에 전기 자극을 주는 것만으로 그렇게 많은 개체가 생기는 셈이겠다."

"어이쿠, 이러다 언젠가 정말로 남자 따위 필요 없게 된다는 말인가."

"그래서 그 환자는 어떻게 됐어? 머리카락은 왜 들어간 거고?"

비명을 지르는 구로다 옆에서 다몬이 흥미진진한 표정으로 물었다.

"다 같이 이상하게 여겼지만 어쨌든 수술은 성공했어. 종기를 절제하는 것뿐이고 그밖에 이상은 없는 데다, 어쨌건 젊은 남자니까 빠른 속도로 회복해서 눈 깜짝할 새에 퇴원했어."

"그건 잘된 일이군."

"머리카락에 관해선 본인한테도 물었지만 짚이는 데가 전혀 없다고 했어. 지극히 성격 좋고 단순한 친구거든. 붙임성이 좋아서 나하고도 친해졌는데, '제가 워낙 먹보다보니 그런 것까지 먹은 걸까요' 하더군."

"태평한 친구로군. 내 위에서 그런 게 나왔으면 나 같으면 기분 나빠서 졸도했을 거야."

구로다가 상상해보더니 얼굴을 찡그렸다.

"종양이 왜 그런 상태가 됐는지도 원인 불명. 병리학 쪽 친구들도 고개를 갸웃거리더군. 그렇지만 매일 꼬리에 꼬리를 물고 환자들이 실려오니 그 친구에 대해선 까맣게 잊어버렸어."

미즈시마는 말을 이었다.

"그런데 어느 날, 그 친구가 결혼한다면서 약혼자를 데리고 나타난 거야. 수술하고 반년쯤 지났을 때였던 것 같아. 신세졌던 의사 선생님이라고 말이지. 정말 사람 좋고 귀여운 친구였어. 그 친구 같으면 클럽하우스에서 피를 토했어도 고객이 거래를 퇴짜 놓지 않았을 거라고 생각해. 오히려 고객이 딱하게 여겨 거래를 성사시켜줄, 남들한테 호감을 주는 타입의 영업사원이었어."

미즈시마의 입술은 레드 와인으로 거무스름하게 물들어 있었다.

이따금 레스토랑 화장실에서 거울을 보다가 자기 입술이 와인으로 검게 물든 것을 보고 흠칫할 때가 있다. 꼭 방금 누군가의 목을 물어뜯은 흡혈귀가 된 기분이다.

다몬이 쳐다보자 미즈시마가 입술을 일그러뜨렸다.

"결혼 상대는 다섯 살 연상이었어. 예쁘고 착해 보이는 여자더군. 직장 동료인데 사귄 지 몇 년 됐다나. 하도 바빠서 여자가 착한 걸 핑계로 장래를 약속하지도 않은 채 질질 끌어오다가 마침내 가정을 이루기로 했다고 했어. 나도 건강해진 환자를 보는 게 뭣보다도 기쁘니까, 축하한다고 하면서 두 사람하고 악수를 나눴어. 그러다 문득 여자의 머리카락이 눈에 들어왔어."

"설마."

구로다가 중얼거렸다. 미즈시마는 그를 흘깃 보았다.

"그래. 한눈에 알겠더군. 그 친구 위에 들어 있던 머리카락은 이 여자 거라는 걸."

"어떻게 된 거야?"

"글쎄. 그건 모르지."

침묵이 흘렀다.

행복해 보이고 잘 어울리는 선남선녀 커플. 그 두 사람을 앞에 두고 얼어붙은 미즈시마가 눈에 선했다.

"생각할 수 있는 가능성 첫째, 그 여자가 머리카락을 자기가 한 음식에 섞어 먹였다."

오노에가 검지를 들었다. 구로다가 코웃음을 쳤다.

"음식에 머리카락이 들었는데 그걸 모른다고?"

"먹성 좋은 녀석은 대개 잘 안 씹잖아. 한두 올 정도면 모르지 않을까?"

"으으, 어느 쪽이건 찜찜하군. 자기 머리카락을 먹이다니 뭔 짓이야."

구로다는 기분 나쁜 듯 몸을 부르르 떨었다.

"싫어하는 상사의 차에 이물질을 넣는다는 말은 들은 적이 있는데."

다몬이 느긋하게 끼어들었다.

"머리카락을 왜 먹이는 건데?"

미즈시마가 물었다.

"저주 같은 게 아닐까? 동서고금, 지푸라기 인형이나 밀랍 인형에 저주하고 싶은 상대방의 머리카락을 넣는 건 기본이잖아."

다몬이 대답했다.

"약혼자를 저주하고 싶다고?"

"이 경우엔 손에 넣고 싶다는 뜻 아니겠어? 여자는 해마다 착실하게 나이를 먹어가는데, 연하 애인은 단순해서 자기가 애태우는 것도 몰라. 오래 기다리게 한다고 원한을 품었을지도 모르고."

"헉, 무섭다."

구로다가 비명을 질렀다.

"잠깐. 남자가 머리카락에 환장하는 사람일 가능성도 있잖아. 겉보기엔 호남이라도 남의 성적 취향은 모르는 법이니까. 좋아하는 여자의 머리카락을 좋아서 먹었는지도 몰라."

오노에가 의기양양한 표정으로 말했다.

"그것도 기분 나쁜걸."

"친구 중에 아버지가 갑자기 돌아가셔서 어머니하고 유품을 정리하다가 아버지가 실은 여장 마니아였다는 사실을 알게 된 녀석이 있거든."

"여자 옷이 나온 거야?"

"그래, 한 뭉텅이. 가발이며 속옷, 신발, 스타킹, 화장품, 액세서리까지 깊숙이 넣어둔 게 우르르 나온 모양이더군."

"모자가 충격깨나 받았겠어."

"둘이서 한동안 망연자실했다나."

"그렇겠지."

다몬은 그 장면을 상상하고 저도 모르게 킬킬 웃고 말았다. 발 디딜 틈 없이 펼쳐놓은 여자 옷에 둘러싸여 망연자실 앉아 있는 어머니와 아들.

"다몬, 웃을 일이 아니라고."

"하지만 상상해봤더니 어째 웃겨서…… 아버지도 분명 천국에서 꽤나 멋쩍어했겠구나 생각하니까."

다몬은 급기야 참지 못하고 아하하 하고 배꼽을 쥐고 웃기 시작했다. 다른 사람들도 덩달아 키들키들 웃었다.

"아닌 게 아니라. 그게 또 엄격한 아버지였다면 진짜 웃기겠어."

"마초 타입이었다든지."

한바탕 웃고 나니 어쩐지 진정되었다.

비극과 희극은 정말로 종이 한 장 차다. 무서운 이야기와 웃기는 이야기 또한 거리가 거의 없다.

인생이란 그런 것이리라.

휴대전화 벨이 울렸다.

다몬은 "미안" 하고 양해를 구하며 자리를 떴다.

밖으로 나오니 지금까지 얼마나 공기가 나쁜 곳에 있었는지 알 수 있었다.

전화를 받았지만 아무 소리도 들리지 않았다.

또 왔나.

며칠 전부터 이런 전화가 벌써 몇 번 왔는지 모른다. 수신 내역을 봐도 모르는 번호다. 그 번호에 걸어봐도 아무도 받지 않는다.

누구지.

다몬은 통로 창문에 얼굴을 갖다대고 밖을 바라보았다.

창유리의 냉기가 차츰 몸 전체에 퍼져 술과 괴담으로 달아올랐던 몸을 서서히 식혀주었다.

바깥은 캄캄했다. 지금 어디쯤 가고 있을까. 선로 옆 도로의 가로등이 띄엄띄엄 일정 간격을 두고 늘어서 있는 것이 쓸쓸해 보인다.

철들었을 무렵부터 늘 이렇게 열차를 타고 흔들림에 몸을 맡기고 있었던 것 같다.

언제나 이렇게 홀로 열차에 실려 밤의 밑바닥을 가고 있었다.

현기증 같은 기시감이 엄습했다. 이다음에 정신이 들어보면 노인이 되어 있는 건 아닐까. 자신이 음반 제작사에서 일하며 늘쩡늘쩡 세상을 살고 있는 불량 중년인 줄 알고 있지만, 퍼뜩 정신이 들어보면 죽음을 눈앞에 둔 노인이 되어 이렇게 열차 창밖을 바라보고 있는 건 아닐까.

또 전화가 왔다.

이번에는 바로 "네" 하며 전화를 받았다.

상대방은 아무 말도 하지 않는다. 누가 있는 것은 틀림없다. 그것도 여자 같다.

"잔?"

다몬은 손으로 입가를 가리고 몸을 숙였다.

"잔? 지금 대체 어디 있어?"

빠른 말투로 불러봤지만 상대방은 주저했다.

"잔? 내가 어떻게 했으면 좋겠어?"

다몬은 거듭 물었다.

덜컹덜컹하는 열차의 진동이 느껴졌다. 다몬은 귀를 기울였다.

"……다몬."

다몬은 움찔해서 눈을 크게 떴다.

아내의 목소리와는 전혀 딴판인, 낮게 잠긴 여자 목소리였다.

"누구야?"

저도 모르게 되물었다.

"다몬, 이제 그만 현실을 좀 봐라."

몹시 쉰 목소리가 냉랭하게 대답했다.

"현실?"

그렇게 되뇌었을 때 전화는 이미 끊긴 뒤였다.

다몬은 휴대전화를 물끄러미 응시했다. 거기서 뭔가가 나오기를 기다리는 양.

그때 문득 아득히 먼 옛날의 정경이 되살아났다.

밤중에 열차에서 노파가 자기에게 뭐라 말했던 장면.

노파의 말은 거의 알아들을 수 없었지만, 십자를 긋는 몸짓으로 어떤 축복이나 동정의 말이라는 것을 직감했던 그 불가사의한 시간.

슬픔에 찬 눈.

다몬은 동요하며 주위를 둘러보았다.

텅 빈 복도, 맞거울 같은 통로가 침침한 조명 아래 이어져 있다.

여기는 어느 열차 안이지?

다몬은 어두운 창문 안쪽을 응시했다.

"다몬, 괜찮아?"

구로다의 목소리를 듣고야 다몬은 비로소 자신이 한동안 라운지에 멍하니 서 있었음을 깨달았다. 구로다는 또 캔맥주를 한아름 들고 있었다. 착실한 사내다.

"맥주를 또 샀어?"

"체이서야."

구로다는 아까와 똑같은 대답을 하며 어깨를 으쓱했다.

"무슨 생각을 하고 있었지?"

구로다는 다몬 옆에 서서 창문에 몸을 기댔다.

"글쎄. 그냥 멍하니 있었어. 이런 식으로 열차에 실려가다보면 어느새 인생의 종점에 도착하게 되는 걸까 하고."

"그건 말이지."

구로다가 웬일인지 부드럽게 웃었다.

"우리가 엄연한 중년의 위기에 돌입했다는 뜻이야."

"뭐?"

"이런 일을 하는 것도 중년의 몸부림이라고. 야간열차에서 괴담을 이야기하고, 사누키 우동을 먹고. 인생의 후반에 접어들었다는 데 동요하고 있는 거지."

"그런가."

"그래. 나도 결혼생활에 실패하고, 가정을 꾸리는 데 실패했지. 본인의 감각으로는 인생이 아직 시작되지도 않았는데, 세상 사람들 보기엔 어엿한 중년인 거야. 가끔씩 불안해진단 말이지."

"저런, 구로다도 그런 생각을 해?"

유리창이 싫다고 하지 않았나. 다몬은 구로다의 옆얼굴을 보며 생각했다. 열차 소리가 시끄러우니 괜찮은지도 모른다.

"저기, 세번째로 일어난 일은 뭐였어?"

다몬은 물었다.

구로다가 무표정한 얼굴로 다몬을 보았다. 화를 내려나 싶었는데 그가 입을 열었다.

"세 명 죽었어."

"뭐?"

"한 명은 옛날 친구였어. 이 이상은 말 못 해. 어떤 의미에선 나한테도 책임도 있었으니까. 일하고도 관련 있고. 지금에 와선 그게 대체 뭐였는지 나도 잘 모르겠지만."

"사고? 사건?"

"뭐, 분류하자면 사고겠지. 사건은 아니야."

"그래."

다몬은 막연히 안도했다. 그리고 여기까지 이야기해준 것만 해도 구로다가 최대한 양보해준 것임에 틀림없다고 생각했다.

"미즈시마 말이 맞을지도 몰라."

구로다가 중얼거렸다.

"뭐가?"

"내가 재앙을 불러온다는 말. 못에 빠진 동급생은 당시 나랑 사이가 험악해서 일부러 멀리 돌아서 집에 갔어. 걔는 나하고 친했던, 다리가 불편했던 동네 아저씨가 데리고 있었고, 어머니는 나하고 아버지 사이가 나쁜 것 때문에 마음고생이 심했어."

"그럴 리가 없잖아. 피해망상도 이만저만이어야지."

다몬이 어이없다는 듯 말하자, 구로다는 메마른 눈으로 그를 꼼짝 않고 보았다.

"아니, 난 알고 있었던 게 틀림없어. 그런 거야."

구로다는 얼마 동안 다몬을 응시했다. 결국 다몬이 당황해서 시선을 피하고 말았다.

적어도 날이 밝을 때까지는 괴담을 계속하기로 했는데, 아닌 게 아니라 이 시기에 밤은 짧다.

괴담이 곁길로 새 잠시 잡담을 하는 사이에 하늘이 아스라이 밝아왔다.

"어이쿠, 어느새."

"별로 괴담을 이야기 못 했잖아."

바깥 경치가 어렴풋이 보이기 시작한 것을 보고 저마다 투덜거렸다.

"어디쯤 왔지?"

"세토 대교를 건너려면 아직 더 있어야 할걸."

술과 함께 밤을 지새웠을 때의 평온하고 고요한 분위기가 방 안에 흘렀다.

"오늘 오후엔 도쿄로 돌아가는 거지. 꼭 거짓말 같은걸."

다몬이 느긋이 중얼거리자, 오노에가 그를 흘긋 보았다.

"다몬, 어제 보여줬던 부인 사진하고 봉투, 한 번 더 볼 수 있을까?"

"어? 응, 그래."

다몬은 다시 가방 주머니에서 사진이 든 봉투를 꺼내 오노에에게 주었다.

그러고 보니 어젯밤 오노에는 유달리 진지한 표정으로 사진과 봉투를 들여다보았다.

오노에는 지금도 역시 기묘하리만큼 열심히 봉투와 사진을 뜯어보고 있었다.

"저 말이지."

오노에가 봉투와 사진을 돌려주며 입을 열었다.

"부인을 마지막으로 만난 게 언제랬지?"

"한 일 년 전일걸. 평소하고 다름없었는데, 학교 갔다 오는 길에 '급한 볼일이 생겨서 프랑스에 간다'고 전화가 왔어."

다몬은 기억을 더듬어 대답했다. 왜 지금 이런 것을 묻는 걸까 하고 머리 한구석으로 이상하게 여기며.

"넌 헤어질 생각이냐? 아니면 돌아오면 좋겠어?"

오노에는 다몬의 정면에서 자세를 고쳐 책상다리를 하고 앉았다.

"글쎄…… 난 내가 어떻게 하고 싶은지 모르겠어. 잔이 어떻게 하고 싶은지 알고 싶을 뿐."

불성실한 대답이라는 것은 알지만 그것이 본심이었다. 지금까지도 그녀가 하고 싶은 대로 해왔고 그에 맞추는 게 그의 인생이었으니까.

"불쾌한 이야기를 해도 되겠어?"

오노에가 정색하고 물었다.

"불쾌한 이야기? 나하고 상관있는 일이야?"

"그래."

"뭔데?"

오노에의 진지한 눈을 보니 불안해졌다. 왜 오노에가 다몬에 관한 불쾌한 이야기를 한다는 걸까.

"그래."

그래도 다몬은 고개를 끄덕였다. 결국 다몬은 그런 사람이다.

"난 말이지, 네 부인은 이미 이 세상 사람이 아니지 않을까 생각한다."

"뭐?"

순간 자기가 무슨 말을 들은 건지 이해되지 않았다. 의미를 파악하기까지 너끈히 오 초는 걸렸다.

　새벽을 앞둔 열차에 네 남자가 말없이 앉아 있다.

　다몬의 얼굴을 세 남자가 주시하고 있었다.

　"뭐야. 난데없이 무슨 소리를 하는 거야. 잔이 죽었다고? 유럽 어딘가에서?"

　다몬은 당황해서 물었다. 농담처럼 한 말이었건만 세 사람의 얼굴은 진지했다.

　"네가 죽인 거야."

　오노에는 짤막하게 대답했다.

　다몬은 할 말을 잃었다. 열차의 진동에 몸의 흔들림이 겹쳤다. 희미한 현기증.

　지금 그가 뭐라고 했지? 내가 잔을 죽였다고? 벌써 일 년째 만나지 못한 그녀, 도망을 계속하는 아내를?

　뭔가가 물렁하게 일그러지는 느낌이 들었다.

　축복하는 노파. 달리는 열차. 나는 지금 어디에 있는 걸까.

　"이 편지는 네가 보낸 거야. 유럽을 전전하면서 도쿄의 네 집으로 이 사진을 보낸 사람은 너야."

　오노에는 다몬이 든 사진을 손가락으로 쳤다.

　"자세히 봐. 여기 찍힌 손은 너지? 네가 낀 반지가 이 사진에도 있어."

　"아무리."

　다몬은 힘없이 웃으며 자신이 든 폴라로이드 사진을 보았다.

유로화 동전 옆에 찍힌 새끼손가락. 용 문양이 들어간 은반지. 사진을 든 자신의 새끼손가락에도 그와 똑같은 반지가 끼워져 있었다.

또다시 세계가 물렁하게 일그러졌다. 깨끗한 열차 객실이, 빈 맥주 캔이, 아이스박스가, 미즈시마와 구로다의 얼굴이 일그러졌다.

"무, 무슨 그런. 아무리. 아냐. 이건 집으로 배달됐어. 잔이 최근 들어 나한테 보내기 시작한 거야. 보낸 사람은 안 쓰여 있지만."

다몬은 횡설수설 중얼거렸다.

온몸에서 식은땀이 왈칵 쏟아졌다. 무슨 일이 일어나고 있는 건가. 나는 지금 어디에 있는 건가. 이 세계는 대체 어떻게 된 건가.

혼란스러운 나머지 말 그대로 머릿속이 새하얘졌다. 도쿄 역에서 들어갔던 이탈리아 음식점, 창유리를 치는 손바닥, 위에서 나온 머리카락, 온갖 이미지가 새하얀 머릿속에 떠오른다.

그런 다몬을 세 사람이 꼼짝 않고 지켜보고 있었다.

다몬은 호소하는 듯한 표정으로 세 사람을 번갈아 보았다.

대체 이건 무슨 모임이지? 실은 나를 고발하는 모임이었다는 말인가?

별안간 구로다가 한숨을 후 내쉬었다.

그러더니 맥없이 고개를 돌려 오노에를 보았다.

"오노에, 그 방법으론 안 되겠어. 공연히 더 혼란을 주고 말았어."

"그런가. 충격 요법이 먹히지 않을까 싶었는데."

오노에가 머리를 긁적이며 구로다에게 턱짓으로 신호를 보냈다. 여기서부터는 네가 맡으라는 뜻인 것 같았다.

"다몬, 너 어젯밤부터 여러 번 휴대전화로 전화를 받았지."

구로다가 다몬을 돌아보았다. 꼭 머리 나쁜 학생을 참을성 있게 가르치는 교사 같은 얼굴이었다.

"누구한테서 온 전화였지?"

다몬은 당황했다.

아내를 죽였다는 말까지 듣고, 어째서 이번에는 느닷없이 사적인 전화 통화에 관해서까지 질문을 받아야 하는 건가?

"누구라니…… 실은 장난전화였어. 어쩌면 내내 잔일지도 모른다고 생각했는데 아무리 불러도 대답을 않더라고. 벌써 며칠째 계속되고 있어. 주소록에 없는 번호인데 어디서 거는 건지 모르겠어."

다몬은 여전히 더듬더듬 대답했다. 머릿속이 정리되지 않아 흡사 타인이 말하는 것 같았다.

"그 번호, 아타미에 있는 병원 아니었어?"

"아타미에 있는 병원?"

다몬은 어리둥절했다.

왜 아타미에 있는 병원에서 전화가 온다는 거지?

구로다를 멍하니 바라보았으나 그의 표정은 진지했다. 어째서 내 휴대전화에 아타미에 있는 병원에서 전화가 걸려오는 것을 구로다가 아는 건가? 전화를 훔쳐봤나?

"너희 아버지가 입원하신 병원 말이야. 이혼한 너희 어머니하고 네 부인이 줄곧 드나들고 있는 병원."

다몬의 머릿속에서 뭔가가 팡 터진 듯했다.

아버지의 코트 자락을 잡고 긴 시간을 보냈던 열차 안. 가는 곳마다 친절하게 대해주던 여자 승객들. 노파의 작은 축복.

심심해하는 다몬의 등을 말없이 쓸어주던 아버지의 손바닥.

부모가 헤어진 뒤로 줄곧 아버지와 함께 있었다. 기나긴 시간. 늘 둘이서 먼 곳으로 이동했다.

"다몬, 내가 지금부터 하는 말 잘 들어."

구로다는 체념 어린 어조로 이야기를 시작했다.

"너희 아버지가 아타미에 있는 아파트에서 쓰러지신 건 일 년 전이야. 그리고 그에 큰 충격을 받고 일본에서 도망친 건 다몬, 네 쪽이었어. 느닷없이 처가로 찾아가 잔이 없어졌다고 하는 바람에 그쪽 가족 분들이 놀라 일본에 연락해서 네 부인이 프랑스로 쫓아갔어. 그렇지만 넌 친구 집을 전전하고 있는 탓에 쉽사리 잡히지 않았어. 아버지가 쓰러지셨을 때, 네 머릿속에선 그게 부인이 없어졌다는 이야기로 뒤바뀐 모양이지. 어렸을 때부터 늘 같이 있었고 함께 세계를 여행하면서 너한테 다대한 영향을 미쳤고, 그러면서 애증이 엇갈리는 대상인 아버지가 네 곁을 떠난다는 걸 넌 인정하고 싶지 않았어. 그래서 대신 아내가 없어졌다는 이야기를 머릿속에서 꾸며낸 거야. 이 편지는 그때 네가 유럽에서 도쿄로 보낸 편지야. 네가 어떤 이야기를 생각했는지는 모르지만, 부인이 유럽을 전전하면서 가는 곳마다 너한테 편지를 보낸다는 설정을 준비했겠지."

오노에와 미즈시마가 보일 듯 말 듯 고개를 끄덕이며 구로다가 하는 말을 듣고 있었다.

다몬의 이야기를. 다몬의 현실을.

이제 그만 현실을 좀 봐라.

그건…… 그건, 오랜만에 듣는 어머니 목소리였다.

"네가 겨우 일본으로 돌아온 게 반년 전. 그 무렵 아버지의 용태는 악화돼서 일진일퇴하는 중이었고, 네 부인과 어머니가 교대로 병상을 지키고 있었어. 네가 혼란스러워하는 탓도 있어서, 부인은 집으로 돌아가지 않고 어머니와 함께 지냈어."

현실을 봐라.

다몬은 힘없이 창문을 보았다.

서서히 밝아오는 풍경. 새벽이 다가온다. 그의 현실이 다가온다.

"다몬, 네 아버지는 어제 아침 운명하셨어."

미즈시마가 말했다.

"고통은 없으셨어. 아주 평온한 임종이었다더라."

미즈시마는 한숨을 후 내쉬었다.

"가족들이 그 때문에 아무리 너한테 연락하려 해도 넌 들으려 하지 않았어. 장난전화라면서 계속 전화를 끊었다더라."

새벽의 가스파르 | 273

현실을 봐라.

"네 부인과 어머니는 필사적으로 네 친구 모두한테 연락했어. 충격을 많이 받았으니 같이 있어달라고. 아버지가 돌아가셨다는 말을 듣고 무슨 짓을 할지 모르니 너한테서 눈을 뗄 순 없었어. 그래서 이렇게 하룻밤 같이 있는 방법을 생각한 거야."

오노에가 참을성 있게 말했다.

다몬의 마음속에서 뭔가가 소리내어 허물어졌다. 죽은 이들의 밤이. 거짓 야회가.

아버지.

문득 손에 든 사진 위에 뭔가가 똑 떨어지는 바람에 놀랐다.

눈에서 방울방울 눈물이 떨어졌다.

구로다가 말없이 다몬의 어깨를 끌어안았다.

"너희는 진짜…… 하여간 취향도 별난 놈들이라니까. 이런 일로, 이런 것 때문에…… 야간열차 타고 사누키 우동을 먹으러 가려고 하다니."

다몬은 우는지 웃는지 알 수 없는 얼굴로 구로다의 셔츠에 눈물을 비벼대며 혼잣말처럼 중얼거렸다. 이 녀석, 이렇게 고급 셔츠에 콧물을 묻히면 화내겠지, 하고 머리 한구석으로 생각하면서.

"네 친구 아니냐."

오노에가 중얼거리더니 "어이구야, 드디어 해가 떴군" 하며 크게 기지개를 켰다.

"날씨 좋겠는데."

미즈시마가 창에 손을 대고 안경을 벗더니 눈부신 표정을 지었다.

멀리서 뭔가가 반짝 빛났다.

"오, 바다다. 드디어 세토 대교를 건너는군."

밤을 빠져나온 열차는 아침의 빛을 향해 한가로운 진동과 더불어 달려간다.

작
가
노
트

쓰카자키 다몬이 처음 등장하는 《달의 뒷면》이 출간된 것은 20세기 마지막 해인 2000년이었다.

그 뒤로 단품으로 그가 등장하는 중편을 써온 것을 묶은 게 이 책이다. 십 년 가까이에 걸쳐 발표된 작품들이다보니 일본 경제의 '잃어버린 십 년'이며 관청 재편 등 철 지난 시사 소재가 등장하는 것을 어떻게 할까 고민했으나, 결국 그냥 두기로 했다.

《달의 뒷면》에서 야나가와를 모티프로 삼았던 것과 마찬가지로, 이 책에는 일본 각지의 풍경이 등장한다. 이 책은 내 나름의 기행 미스터리이기도 한 셈이다.

〈나무지킴이 사내〉는 내가 늘 산책하는 간다 천 천변에서 보고 내내 궁금했던 집을 모델로 쓴 이야기다. 지금은 없어졌다. 작중에서 방송작가가 꾼 꿈은 내가 꾼 꿈이다.

〈악마를 동정하는 노래〉는 나라에 있는 '꽃의 절' 코스를 산책하다가 구상한 이야기다. 최근 일본의 도로 문제는 여러 모로 말이 많은데, 이제 그만 자동차뿐 아니라 걷는 사람 생각도 좀 해주면 좋겠다.

〈환영 시네마〉는 오노미치가 무대다. 입안에서 돼지기름이 사르르 녹는 오노미치 라면이 맛있었다. 매우 그림 같은 곳인지라 다른 기회에 또 무대로 써보고 싶다. 오즈 야스지로의 영화에 등장하고 외국 사진가와 영화감독도 촬영했던 곳이 아직 남아 있었던 것이 생각지 못하게 기뻤다.

〈사구 피크닉〉은 돗토리 사구와 고쿠라. 우에다 쇼지 사진 미술관은 겨울철에는 폐관하니 주의가 필요하다. 고쿠라는 좋았던 옛 시절의 '환락가' 분위기가 남아 있어 흥미로웠다. 마쓰모토 세이초 기념관에는 압도되었다. 그곳을 찾았을 때 나도 마침 세이초가 데뷔한 나이와 같은 마흔두 살이었던지라, 지금부터 저렇게 많은 작품을 쓴다는 말인가 싶어 진저리가 났던 것이 인상에 강하게 남아 있다.

〈새벽의 가스파르〉는 이 책의 제목인 《불연속 세계》를 상징하는 작품이라고 생각한다. 여기서 구로다는 야간열차에서 여러 번 캔맥주를 사는데, 현재 선라이즈 세토와 선라이즈 이즈모의 자판기에는 소프트드링크밖에 없으니 애주가 독자들은 승차하기 전에 술을 사둘 것을 권하고 싶다.

2008년 6월, 온다 리쿠

블랙 & 화이트

01
럭키걸

세오 마이코 지음
한희선 옮김

02
다크

기리노 나쓰오 지음
권일영 옮김

03
유지니아

온다 리쿠 지음
권영주 옮김

04
루팡의 소식

요코야마 히데오 지음
한희선 옮김

05
자전거 소년기

다케우치 마코토 지음
권영주 옮김

06
날개는 언제까지나

가와카미 겐이치 지음
한희선 옮김

07
다다미 넉 장 반 세계일주

모리미 도미히코 지음
권영주 옮김

08
통곡

누쿠이 도쿠로 지음
이기웅 옮김

09
그리고 밤은 되살아난다

하라 료 지음
권일영 옮김

10
코끼리와 귀울음

온다 리쿠 지음
권영주 옮김

11
경관의 피(상)

사사키 조 지음
김선영 옮김

12
경관의 피(하)

사사키 조 지음
김선영 옮김

13
유코의 지름길

나가시마 유 지음
이기웅 옮김

14
한낮의 달을 쫓다

온다 리쿠 지음
권영주 옮김

본격 추리에서 청춘, 연애소설까지 일본 소설의 모든 것

15
아시야 가의 전설

쓰하라 야스미 지음
권영주 옮김

16
내가 죽인 소녀

하라 료 지음
권일영 옮김

17
항설백물어

교고쿠 나쓰히코 지음
금정 옮김

18
고백

미나토 가나에 지음
김선영 옮김

19
에로망가 섬의 세 사람

나가시마 유 지음
이기웅 옮김

20
잘린 머리에게 물어봐

노리즈키 린타로 지음
최고은 옮김

21
행각승 지장 스님의 방랑

아리스가와 아리스 지음
권영주 옮김

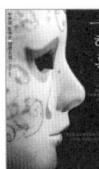
22
우행록

누쿠이 도쿠로 지음
이기웅 옮김

23
잘린 머리처럼 불길한 것

미쓰다 신조 지음
권영주 옮김

24
얼굴에 흩날리는 비

기리노 나쓰오 지음
권일영 옮김

25
백수 알바 내 집 장만기

아리카와 히로 지음
이영미 옮김

26
앨리스의 미궁호텔

야자키 아리미 지음
권영주 옮김

27
야행관람차

미나토 가나에 지음
김선영 옮김

28
헤븐

가와카미 미에코 지음
김춘미 옮김

29
천사에게 버림받은 밤

기리노 나쓰오 지음
최고은 옮김

30
물의 잠 재의 꿈

기리노 나쓰오 지음
최고은 옮김

31
클라인의 항아리

오카지마 후타리 지음
김선영 옮김

32
속 항설백물어

교고쿠 나쓰히코 지음
금정 옮김

33
왕녀를 위한
아르바이트 탐정

오사와 아리마사 지음
손진성 옮김

34
일곱 도시 이야기

다나카 요시키 지음
손진성 옮김

35
산마처럼 비웃는 것

미쓰다 신조 지음
권영주 옮김

36
로즈 가든

기리노 나쓰오 지음
최고은 옮김

37
주홍색 연구

아리스가와 아리스 지음
김선영 옮김

38
모두, 안녕히

구보데라 다케히코 지음
홍은주 옮김

39
달의 뒷면

온다 리쿠 지음
권영주 옮김

40
불연속 세계

온다 리쿠 지음
권영주 옮김

*시리즈는 계속됩니다.